LA MUÑECA DEL DIABLO

ISABEL DEL CID

LA MUÑECA DEL DIABLO

Publicado por Editorial TecnoTur

ISBN de la versión impresa de tapa dura:

978-1-7343294-9-0

ISBN de la versión electrónica (*ebook*):

978-1-7343294-8-3

Esta obra es de ficción. Cualquier parecido con la realidad es mera coincidencia.

PRÓLOGO
DE SALVADOR ZÚNIGA

Desde las calles empedradas de un pequeño y lejano pueblo del oeste hondureño, entre engaños y motivaciones de andar por mundos desconocidos, la pequeña es trasladada por no decir secuestrada a vivir pesadillas llenas de horror.

Así es el relato que nos cuenta la autora de esta obra, la *MUÑECA DEL DIABLO*. Es un interesante libro prohibido para menores, por sus escenas de seres que dejaron, que el instinto de la reproducción, se convirtiera en lujuria. La autora dice que se trata de una novela de ficción. Podría ser ficticio el relato de los escenarios y los personajes, pero los hechos, son hechos que han ocurrido y que ocurren en un mundo en que algunos seres humanos han perdido su humanidad, para convertirse en algo peor que animales salvajes, puesto que los animales, son animales porque no tienen razón. Estos seres que pertenecen a la especie humana actúan con alevosía, como bestias. Dejan lo humano y se desbordan.

La historia al compararla con la realidad podría ser igual o quedarse corta. Cuántas personas han vivido infiernos espantosos, pesadillas, tormentos crueles, pues les ha tocado migrar de sus lugares, sea por pobreza, por deseos de conocer lugares, por ser enganchados, por guerras o razones de delincuencia y en la búsqueda de un sueño se encuentran con negociantes dedicados a la trata, que venden a las personas para ser tratadas como objetos sexuales en los que en los que las prácticas más brutales de sadismo se vuelven costumbre.

La historia es dramática y cruel y quizá no sea tan agradable, pero tiene el objetivo de ver al mundo en una dimensión que a algunos de los lectores ni tan siquiera les cabe sus tan nobles mentes que pudiera existir.

El libro que Isabelita nos trae es la historia de un circulo de violencia que se repite y al que muchos y muchas se niegan o no tienen la oportunidad si es que se le puede llamar oportunidad de ver.

Estos relatos de una víctima que se vuelve victimaria, seguramente por traumas de abusos que dañaron su cuerpo y lo peor su mente y su espíritu, son una denuncia que nos debe de llevar a comprometernos a construir sociedades más humanas en las que la dignidad humana sea el paradigma que motive a gobiernos y a la sociedad en general.

LA MUÑECA DEL DIABLO es una novela llena de escenas grotescas que ojalá fueran un simple invento pero que similares o peores viven cantidad de personas. ¿Cuántos niñas y niños son secuestrados para ser vendidos? ¿Cuántos niñas y niños son víctimas de abuso sexual? ¿Cuántos jóvenes se refugian en el alcohol y las drogas para olvidarse, aunque sea por un rato, de las heridas sufridas por los abusos?

Quisiera que este libro fuera una total ficción, pero no es así. *LA MUÑECA DEL DIABLO* es de la realidad. Es de una realidad que duele, que perturba y que nos debería llevar a seguir esforzándonos por cambiar esta sociedad invadida por el narcotráfico, el tráfico de personas y otros males.

Hay seres humanos que tienen tantos vacíos espirituales que se vuelven adoradores del diablo. En esta novela veremos estas situaciones que sólo reflejan la decadencia de una parte de la humanidad que pasa por esos valles de sombras.

Salvador Zúniga

1

LOS RECLUTAS

Hay muchos jóvenes en nuestro bello pueblo hondureño que deambulan perdidos en sus senderos urbanos rurales. A veces se reúnen en los pequeños parques que casi siempre están frente a la iglesia. Cuando el ejército requiere incrementar el material humano, tienen que realizar las famosas redadas, que consisten en reclutar hombres para el desempeño en las fuerzas armadas.

En su mayoría, son hombres que no tuvieron la oportunidad de asistir a un centro educativo. Reciben talleres y aprenden a leer, escribir y más. Estos muchachos vienen de ambientes de mucha pobreza y son casi animales con ropa que han desarrollado su conducta por instinto.

En su desarrollo fisiológico sexual, varios de estos muchachos, cuando están en el patio de su casa o en el campo y ven en anillo en el trasero de las vacas, cerdos o gallinas, su pene se pone erecto y penetran al animal, eyaculando con mucha satisfacción. Lo repiten con diferencia a las gallinas que mueren en el acto.

En todas las sociedades hay suciedad y en todas las ciudades hay niños y niñas. Casi todas las niñas tienen su muñeca que es su compañera y amiga inseparable. A veces esas son muñecas sofisticadas que de fábrica ya traen una variedad de vestiditos, zapatitos y pequeñas carteras de colores brillantes.

Las niñas que juegan con estos juguetes son privilegiadas porque compran las casitas de muñecas y se entretienen de día y de noche jugando e imaginando cómo se mueven aquellas muñequitas recorriendo sus pequeñas habitaciones.

Lía no nació en pañales de seda. Desafortunadamente, vino al mundo en un campo bananero. En esos campos, ellos mismos construyen sus rústicas viviendas con palos de madera y los protegen con el mismo plástico negro que se utiliza para proteger los racimos de bananos.

Cuando los racimos están bien maduros, hay que cubrirlos con un plástico negro fuertísimo, hasta doble. Hay que forrar esos frutos porque si no los forran adecuadamente, los insectos y los pájaros se los comen. Entonces los capataces son los encargados de cuidar aquellos grandes cultivos.

Reparten a los trabajadores porque son hectáreas de plantaciones de banano. Y entre cada hectárea hay diferentes caseríos. Así se le llama a las pequeñas casitas construidas de palos de ramas de árboles y palitos y están con el techo cubierto para que la lluvia. Esas paredes las forran con el mismo plástico que cubren los racimos de banano. Cubren las casas para proteger sus pequeñas propiedades que tienen ahí muy pobres. Duermen con su ropita y su pequeña cobija. Entonces, allí viven hasta cinco y seis personas. Todos los miembros de las pequeñas familias se alojan ahí en esos lugares y se ganan la vida trabajando en las bananeras y viven de esa manera.

Cerca de la casa de la madre de Lía, había un tiradero donde vienen los lugareños a tirar la basura y desperdicios. Lía y sus amiguitas venían al tiradero a recoger desperdicios y los papeles que envuelven los caramelos para hacer vestidos a sus muñequitas bien elaboradas con sus pequeñas manos.

Las fabrican con palitos de las paletas que las amarran en forma de cruz. Así les hacen las piernas y manos y el pelo lo hacen con pedazos de tela que encuentran tiradas y las deshilan para hacerles pelo y para atarlas con pedazos de cáñamo, pero les queda la muñequita completa y bonita y manteniéndolas bien vestidas porque son grandes perfectas diseñadoras vistiendo sus muñequitas. La muñequita de Lía se llamaba Lola.

En los países centroamericanos se reclutan hombres para ejercer en el servicio militar. Van a las áreas rurales a reunir a los hombres que andan caminando por la calle o llegan a los lugares donde hay una concentración de hombres o a veces lo convocan porque hay unos que no quieren ir, pero la mayoría sí quieren ingresar al servicio por toda la prerrogativas que tienen ahí.

Allí les dan uniforme. La mayoría son jóvenes pobres. Son la mayoría personas que casi no tienen ropa. No saben ni leer ni escribir porque desafortunadamente no han podido visitar una escuela. Entonces han crecido como animales racionales, podemos llamarlo así porque crecen en esas comunidades y no se educan. Trabajan y se desempeñan durante su vida, trabajando como jornaleros. Algunos no trabajan y la mayoría de ellos desahogan su instinto fisiológico y sexual en con los cerdos y con las yeguas las que les dicen mulas de carga. Los jóvenes que son reclutados van felices, a veces para los batallones, para los llamados torreones, donde están aquellas grandes concentraciones de muchachos. Los sacan todas las mañanas, para caminar, correr y cantar. Son felices con sus uniformes nuevos. Les dan su desayuno almuerzo y cena y son felices con su comida y se sienten fuertes siendo parte del ejército de la nación. Corren todas las mañanas. Hacen ejercicios. Sí, los domingos lo llevan a las tablitas. ¿Qué son las tablitas?

2

LAS TABLITAS

En el famoso y llamado bajo mundo —apartado de la ciudad— hay un sector de casas construidas con paredes de madera rústica y con techos de lámina. Sus cuartos son pequeños. Apenas cabe una cama también elaborada con tablas y patas de madera sobre las camas colchonetas forradas con sábanas blancas siempre muy limpias. Las famosas comadronas, las señoras que oscilan en una edad entre los 50 y 60 años encargada de la limpieza de los barracones y la disciplina de las lindas y jóvenes señoritas a las que cariñosamente se le llama muñecas.

Sobresale el salón, que es el recinto más grande, un gran mesón de madera cubierto con un mantel forrado con cuerina, con dibujos de flores de colores y rodeado de bancos y un estante de tabla. Lleno de las famosas botellas de cuarón, el guaro es una bebida alcohólica muy fuerte con un gran porcentaje de alcohol que los lugareños llaman también lija.

También hay una gran caja de metal sin pintar, la cual llenan con marquetas de hielo para mantener frías las cervezas de todo tipo. El hielo lo traen cada dos días los proveedores, porque en esas casitas no hay electricidad y se alumbran sus noches con lámpara de gas y mechas de gaza por el día, las tablitas es un lugar silencioso. Las puertas están cerradas y no hay señales de vida a sus alrededores. El movimiento empieza a las cinco de la tarde. Lo primero que las comadronas hacen es encender el viejo radio y sintonizar la emisora local que siempre pone música popular y rancheras cortavenas como «Me caí de la nube que andaba» y de «Déjenme llorar porque estoy herido».

Con el estruendo de la música a su mayor capacidad de volumen, las muñequitas se levantan a darse baños con agua fría de la pila que siempre está llena y cada una tiene asignado su propio balde de plástico lleno de agua que después de asearse muy bien, lo vuelve a llenar con agua limpia para tenerlo listo para repetir la limpieza de su cusuco las veces que sea necesario.

Se lavan muy bien sus caritas y se visten con pequeñas faldas y blusas muy cortas, sin ajustadores y atrevidos escotes para dejar casi al descubierto su joven y apetitoso pecho. Cada una de ellas tiene una pequeña caja de plástico donde celosamente guardan en ella una brillantina, la cual ocupan para desenredar su cabello cuando lo peina y luego lo usan como lubricante para desempeñar su trabajo con menos dolor.

Un pequeño frasco de perfume barato, una caja de sombras de colores para pintar sus párpados. Un lápiz negro para delinear el contorno de sus ojos y su lápiz rojo para delinear sus jóvenes labios. La edad de las muñequitas es entre los 11 y 20 años de edad. Todas son muy bonitas y de cuerpos muy bien hechos, ya que son escogidas cautelosamente por sus atributos físicos y la prominencia de sus glúteos.

Una pareja formada por un hombre muy alto y muy fornido y con cara de matón, se mantiene atrás del mostrador y su mujer. La principal, la gran dama, la comandante, la chula del lugar. Va y viene por todo el recinto controlando el movimiento y desenvolvimiento de las muñecas.

La chula es la que da servicio de bebidas y pone el precio a las horas de servicio de las jóvenes que acompañarán a los caballeros a darle rienda suelta, a la lujuria, placer y diversión desenfrenada. No importa cómo venga el caballero si viene sucio o mal vestido, pero si trae pisto, lana, dinero para pagar, es muy bien tratado y se le sirven sus tragos embriagantes y su putita de boca. También se sirven bandejas de plástico con mango verde, pelado y cortados en pequeños trozos y a los mejores clientes, chicharrones de cerdo con mucho tocino y tajadas de plátano verde. Los fines de semana viene un grupo de músicos a deleitar con sus acordeones y guitarras.

Y el ambiente de las tablitas es alucinante.

El ambiente de afuera de las tablitas siempre está perfumado con el aroma de la marihuana recién fumada. Por dentro, la luz tenue de las lámparas de gas da un toque romántico al lugar. Las parejas bailan, beben, ríen a carcajadas y de vez en cuando, se escuchan gemidos, gritos, quejidos de placer o de dolor.

3

LAS COMARCAS NEGRAS

Las comarcas negras son los caseríos construidos en medio de las plantaciones de bananas. No tienen electricidad, pero sí mucha agua que recogen de las tuberías que irrigan. Las plantaciones de plátano se le llama las comarcas negras, ya que están forradas con plásticos negros por las noches, se alumbran con los famosos llamados candiles que son pequeños botes de lata llenos de gas y con mecha de cáñamo cansados de su faena diaria.

Los habitantes de la comarca negra se encierran muy temprano. La ciudad se vuelve tan silenciosa como un cementerio. Lía tiene ya nueve años. Es vivaz, inteligente, traviesa y muy atrevida. Aunque por las noches, las calles de tierra de la comarca negra se encuentran tétricas, sombrías y solitarias, Lía no tiene miedo y aprovecha que su mamá está roncando para escaparse de su casita.

Ya tiene preparado el hueco, que está escondido debajo de una mesa, ya separado el plástico y los palos, y es su lugar secreto para escaparse por las noches. María de 12 años y Milena de 11 hacen lo mismo, pues son mejores amigas. Se alejan del caserío en medio de la noche, sobre todo cuando la luz de la luna llena alumbra.

Se reúnen en las ramas de un frondoso árbol a pasar sus aventuras. Allí cada una tiene su caballo blanco con alas grandes que vuela a través del cielo y del mar y las lleva a lugares exóticos donde hay muchos helados y caramelos, panecillos chocolates y las calles son de oro. Cada una tiene su príncipe encantado, que es el padre de sus niñas de palo que con sus vestidos de papel de confite se visten.

Se convierten en princesas con vestidos de hilo dorados brillantes colores. Lola, la muñeca de Lía, es la más conversadora. Dice que quiere ir allá donde a lo lejos para divertirse. Hay mucha luz encendida. Cree que hay allí mucha comida porque viene desde aquel lugar un olor a carne asada. Ella imagina su plato con arroz, frijoles, carne asada, chicharrones, tortillas y mucha cebolla cruda.

Se ve que tienen mucha hambre. Y al mencionar la muñeca la carne asada, bajan corriendo a llenar sus pequeños estómagos con plátanos que cortan de los racimos de bananas que se encuentran por todos lados. Posiblemente mañana van a ir a aquel lugar que se mira a lo lejos para descubrir dónde está la parrilla con aquella carne. Mañana será otro día, pero ahora hay que salir corriendo y regresar a sus casitas para que no noten su ausencia.

4

LOS CRÁNEOS

Hubo un tiempo como de 15 años en el sur de América cuando desaparecieron con mucha frecuencia niños de entre cuatro y nueve años de edad. Por ser de esos poblados rurales o de barrios marginales, no le dan seguimiento a estos casos hasta que la gente empezó a encontrar en varios lugares baldíos, cráneos pequeños que por su tamaño parecían ser de pequeños niños en muy pocos casos.

Antropólogos forenses encontraron coincidencia con alguno de los niños desaparecidos. Luego en Guatemala, los niños desaparecieron sobre todo en áreas rurales donde tienen que caminar largas distancias para llegar a la escuela. Muchos tienen la costumbre de pasar por el río. Se zambullen a nadar en la parte menos profunda de lagunas y ríos.

Entonces, las madres, cuando los niños no regresan, temen que se hayan ahogado en el río. Cuando pasan dos o tres días que las criaturas no aparecen, esas madres desesperadas dan parte a las autoridades que por lo general no le ponen mucho interés. Un sábado de febrero, un perro vagabundo estaba jugando en un llano con una bolsa de plástico, la cual emetía un olor muy fuerte. Unos niños que también jugaban en el llano, le quitaron la bolsa al perro y la abrieron con un palo y descubrieron que lo que allí estaba la cabeza podrida de un niño por el tamaño pequeño del cráneo.

Esta vez las autoridades llevaron la bolsa con la cabeza e iniciaron una investigación. Luego se regó la noticia que el niño desaparecido llamado Gonzalo pertenecía a ese cráneo encontrado por los niños. Gonzalo Rivera había desaparecido hacía 10 días, pero nunca dieron con el paradero del asesino.

5

DIABLO

Diablo era un hombre como de 42 años con un rostro bello de ojos amarillos, color miel, como de seis pies de estatura y de complexión muy fuerte. Siempre estaba bien vestido. Era herrero de oficio. Tenía su pequeño taller en una vieja casa en las cercanías de las plantaciones de banano. Era conocido en toda la región como Diablo, porque siempre se vestía con rojo y la máscara que usaba en la herrería era negra. Cuando se daba un tiempo de descanso, se paraba en la puerta del pequeño negocio. Tenía un rastrillo fabricado por él mismo. Y siempre que estaba fuera, lo llevaba invertido y parecía un demonio. Tenía una mirada penetrante. Inspiraba terror, miedo, angustia, pero a pesar de todo, tenía buen físico.

Siempre llegaba a su negocio un grupo de seis muchachos adolescentes y Diablo se transformaba toda su seriedad en alegría y se portaba espléndido. Les regalaba refrescos. Cuando llegaba la noche, Diablo se trasladaba al famoso cerrito y lo mismo hacía un grupo de muchachos porque había llegado la hora de los ritos.

6

RITOS SATÁNICOS

El cerrito quedaba a un kilómetro del tiradero de basura. Había muchos arbustos y matas de campo en el centro y un tronco grueso de un árbol bien cortado. Medía un metro de alto y muy ancho. Parecía una gran mesa en el centro. Tenía tatuada una estrella pintada en negro y con cinco picos, Diablo y todos sus jóvenes seguidores emprendían su viaje hacia el cerrito caminando en fila indígena en sus alforjas traían rama de rudas flores amarillas, puros de tabaco, botellas de ron blanco y cigarros de marihuana. Cada uno traía una candela grande la que encendían un poco antes de llegar al altar. Atrás y más despacio, caminaba una mujer muy gorda que traía una jaula con tres gallinas y la seguía un hombre alto y delgado que traía de su mano a un pequeño niño que con mucho gusto venía chupando un bombón de fresas.

Se colocaban en un círculo y en el centro de la mesa, colocaban una palangana de plástico. Diablo, entraba completamente desnudo y uno de los muchachos le colocaba sobre el cuello una gran capa roja y una diadema. Con dos cuernos de vaca parecía el mismo demonio con un hacha especial, bien afilada y fabricada por el herrero. Decapitaban al niño. Ponían su cabeza en una bolsa plástica y tomaban el cuerpo por los pies para que se desangrara en la cacerola. Después le golpeaban la espalda a todos los participantes con el cuerpo de las gallinas vivas que al tirar tan fuerte y retorcer el pescuezo, morían.

Luego les cortaban el cuello y también derramaban la sangre en la palangana.

Alguien se encargaba de tirar esos cuerpos desangrados a la gran fogata. El cuerpo del niño desmembrado también ardía en la misma fogata. Todos se tomaban de las manos y empezaban a gritar en una sola voz:

«Puca, puca, puca genes del infierno, ángel del demonio, ángel del infierno. Vengan a nosotros porque aquí tenemos su ofrenda».

Primero, uno de los muchachos vaciaba dos botellas de ron blanco en la cacerola que ya estaba llena de sangre. Luego todos se quitaban la ropa y se ungían con sangre. Y cada uno tomaba cuatro y cinco sorbos de aquella sangre mezclada con ron y se untaban los unos a los otros con aquel líquido rojo, un joven y buen mozo era el encargado de frotar por todo el cuerpo a Diablo. Y otros dos jóvenes hermosos también se turnaban para practicarle sexo oral, pintándole el pene rojo con la sangre de la palangana hasta que éste eyaculaba gritando, gimiendo y ofreciendo ese orgasmo al demonio con como una entrega total.

7

LÉSTER

El hermano mayor de Lía tenía 12 años y era experto en robar. Salía a caminar, llegaba hasta el mercado de la ceiba y se robaba un zapato a su medida y al siguiente día venía y se robaba el otro. Y en los bultos de ropa de segunda muy populares en esos mercados, les robaba ropa. Por eso siempre estaba bien vestido.

Y a su madre le decía que había hecho un pequeño trabajo y le habían regalado ropa y zapatos. Por las tardes y aprovechando que su madre estaba en su labor en las bananeras, salía a los alrededores y robaba un pollo, un gallo o gallina y la traía a su caseta. A Lía le distraía mucho ver a Léster atando a las gallinas y bajándose el pantalón. Se acariciaba un poco el pene y después penetraba el ano de la gallina que moría en la penetración, ya que Léster le apretaba el pescuezo al mismo tiempo que la poseía. Después ponía agua a hervir en un caldero. Cuando estaba muy caliente, la derramaba sobre la gallina, le sacaba las plumas y volvía a lavarla. Luego las partía en cuatro partes y las ponía al fogón.

La ponía al fogón con sal y limón, y así ya tenían la cena lista para la familia. Caminaba distraído y pensando en lo que robaría ese día cuando pasó en frente del negocio de Diablo, éste estaba parado afuera y lo llamó.

«Oye niño, ven acá. ¿Cómo te llamas?»

Léster contestó y caminó hasta estar parado frente a Diablo.

«Pasa amiguito».

Y en cuanto el niño estuvo adentro, cerró la puerta con rapidez.

«Tengo un trabajo para ti y te daré un dinero y chocolates. ¿Te parece? Quítate la ropa». Él también se despojó de su overol rojo.

Se puso leche condensada en su pene y puso al niño que le chupara toda la leche condensada que tenía sobre sus genitales. Pronto eyaculó. Le dió 20 lempiras al niño y tres chocolates. Y Léster los tomó y Diablo le dijo:

«Si vienes todos las semanas, te trataré bien, te daré dinero y chocolates. Y el niño asintió con la cabeza».

8

LÉSTER LLEGÓ A SU CASA...

Léster llegó a su casa y estaba Lía sentada afuera en un viejo banco. Le dio un chocolate y sonrió y sin ningún reparo le narró a Lía cómo había conseguido chocolates y dinero. Lía no se inmutó y eufórica le dijo yo quiero ir, yo quiero ir. Si eso es todo lo que hay que hacer, yo voy.

La madre de Lía preparaba dos veces por semana 50 panecillos fabricados de harina, azúcar y bananas bien maduras. Le preparaba una canasta donde extendía un mantel bien limpio y colocaba los 50 panes de banana para que Lía lo llevara a vender al batallón que quedaba a media hora caminando por la carretera. Cuando llegaban los reclutas que estaban en su descanso, le compraban todo el pan y había tres pícaros que metían a Lía casi a la fuerza en una caseta donde se guardaban herramientas y material de construcción y violaban a la niña sin que ésta pudiera defenderse. La limpiaban y le daban unos cuantos lempiras y la hacían prometer que no diría nada a nadie. Con el tiempo, Lía se acostumbró a los abusos que le hacían. Aveces eran unos y a veces eran otros soldados. Lía nunca le decía nada a nadie de lo que sucedía en el batallón. Cuando llegaba a vender pan un domingo, después que la niña vendió todo el pan y compartió con cinco de los uniformados, decidió que como había conseguido algo de dinero, caminaría hasta la ceiba con el canasto vacío para comprar algo de provisión y traerle a su mamá, cuando pasó enfrente del negocio de Diablo.

Éste estaba sentado afuera con una cerveza en la mano. Ella lo volvió a ver y se acordó de lo que su hermano le había contado. Se acercó amistosa y lo saludó.

«Hola, yo soy Lía, hermana del Léster».

Y él le contestó:

«Hola y ¿cuántos años tienes?»

Ella le respondió:

«Tengo 10 años y me llamo Lía».

Diablo la invita:

«¿Quieres pasar y conocer lo que tengo adentro? Tengo helados, chocolates y refrescos».

Lía le aclara:

«Vendré otro día, porque hoy tengo que hacer compras para mi mamá, que me espera».

9

LÍA CONOCE A DIABLO

Ese día había gran alboroto en la comunidad de casetas negras. Alguien había roto el plástico y botado los palos de la casita de la señora Esperanza y habían secuestrado a su pequeño hijo de 11 meses. El capataz llamó a la policía y vinieron cuatro carros patrulleros a ayudar en la investigación.

Léster y Lía con su mamá estaban asustados de que a su vecina le pasara esto y escuchaban atento lo que doña Esperanza le decía a los policías.

«Fueron dos muchachos como de 16 años y una muchacha como de 20 años. Traían los tres pasamontañas. Me golpearon; me atacaron; me ataron de los pies y me pusieron una cinta adhesiva en la boca y tuve que salir arrastrándome para que los vecinos me ayudaran. Ay, ay. Que me devuelvan a mi hijo».

Los gritos eran desgarradores. Todos estaban asustados porque generalmente se desaparecían niñas de 10 a 14 años, pero nunca bebés o niños pequeñitos.

Las niñas que se desaparecían, nunca más las volvían a ver, pero se comentaba que era que las madres las habían vendido para que trabajaran en los burdeles y que les adelantaban un dinero y les mandaban dinero también mensualmente, que las niñas se iban buscando el dinero y una vida mejor para ella y para su familia. Entonces no le ponían mucha mente a eso y no le ponían mucha importancia a lo que pasaba en la comunidad de las casetas negras. Lía tenía que salir con su canasto de pan a venderlo. No importa lo que pasaba ahí, ella tenía que salir a vender el pan. Después que Lía vendió el pan, decidió caminar hasta el pueblo y pasar a conocer a Diablo, pues ya había decidido visitarlo. Lía era una niña muy audaz y no tenía miedo a nada ni a nadie. Había dejado uno de los panes y no dudó en entrar en el taller de Diablo. Y después de saludarlo, le ofreció el panecillo que éste comió inmediatamente y le dijo:

«Gracias, muñequita linda. Este pan está riquísimo, ¿y lo preparaste tú misma?»

Lía sonrió y le dijo no:

«Mi mamá los hace con harina, azúcar y bananas maduras».

«Ah, pero qué bien, sabes, la receta», dijo Diablo sonriendo, cerró la puerta del taller. Tomó a Lía en sus brazos, la sentó arriba del mesón de trabajo y la besó en los labios, como si fuera una mujer adulta. Lía estaba fascinada; le gustaba sentir lo que sentía. Y aparte, también sentía muchos deseos de hacer pipí y le pidió a Diablo:

«Bájame para ir a orinar. ¿Hay algún lugar aquí?»

Diablo la bajó y la llevó a un inodoro de pueblo con una caseta de tablas y la esperó a que orinara. Cuando salió, la volvió a cargar entre sus brazos como si fuera de verdad una muñeca.

Luego le quitó la ropa cuidadosamente y él también se la quitó. El tipo era un pedófilo. Raro, no le gustaba la penetración, pero era adicto al sexo oral. Al tener erección en su pene, se puso la famosa leche condensada que Lía comió lamió y disfrutó hasta sentir el sabor diferente de la otra leche.

10

LA CORONACIÓN DE LÍA

Después de varios encuentros con Diablo, Lía se sentía una gran mujer, empoderada, feliz crecida, ya que Diablo era muy espléndido con ella. La llamaba mi muñequita. Le daba mucho cariño, le daba dinero y regalitos como prendedores para el cabello y carteritas con dinero adentro.

Era una tarde de octubre y todos los seguidores y adoradores de Satanás tendrían su culto esta noche. Y cuando Lía llegó a visitar a Diablo, éste le dijo:

«Esta noche saldrás de tu casa cuando todos duerman, porque va a ser una noche muy especial y tengo un gran regalo para ti».

Ella contestó con una sonrisa.

«Sí, saldré porque mi mamá desde muy temprano empieza a roncar».

«Eran como las ocho de la noche cuando Lía se escapó de su casa por el hueco que ya tenía hecho y listo para salir. La noche estaba bastante iluminada, porque la luna llena brillaba en el cielo y en el suelo los guijarros parecían pedacitos de diamante.

Lía se rió a carcajadas cuando Diablo la tomó entre los brazos y la subió a un carro viejo de paila que venía lleno de muchachos y unas cuantas muchachas. También venía la mujer gorda con su jaula y adentro las tres gallinas de plumaje negro.

Lía se quedó fascinada cuando llegaron al altar y miraba con qué entusiasmo preparaban y decoraban con ramas de ruda y flores amarillas. La famosa llamada «flores de muerto». Colocaban mucha leña y ramas secas. Y encendían aquella inmensa fogata. Los muchachos repartían, tabacos y porros de marihuana y el aroma perfumaba todo el ambiente y se esparcía aquel perfume mezclado con el humo de la fogata por toda el área.

Todos estaban eufóricos. Se repartían vasos plásticos con ron blanco. Cantaban, reían y gozaban. Esta vez atrás del tronco grande cortado y que parecía una mesa que tenía tallada, la estrella de cinco picos en el centro colocaron una mesa atrás y arriba de la mesa, una silla pintada de rojo y alrededor, adornos con calaveras de vaca y de caballo, la mesa con ramos de ruda y muchas flores amarillas con la también llamada «flor de muerte». Luego venía entrando a la algarabía. El señor alto y delgado esta vez con una niña muy delgada, pálida y peinada con dos coletas tendría como siete años. El rito, haciendo honor al señor de las tinieblas empezó esta vez se colocaron todos en forma de triángulo. Empezaron a levantar sus manos, haciendo muecas con la boca, moviendo las manos hacia arriba y emitiendo sonidos extraños.

La mujer gorda se encargaba de colocar la palangana arriba de la mesa de tronco y vaciaba tres botellas de ron blanco. Ésta era la noche de ofrenda y Diablo había dicho que era una fiesta especial. Las tres gallinas tenían el pico cerrado con cinta adhesiva y atadas de las patas. Un muchacho las tomaba de las patas y golpeaba con ella los cuerpos desnudos de todos los reunidos.

«Puca puca puca capuca, ente del infierno. Satanás ente de la oscuridad puca puca capuca. Vengan, vengan, vengan».

Cantaban enajenados luego se colocaron todos enfrente del altar con el hacha bien afilada. Diablo cortó la cabeza de las tres gallinas que se desangraban arriba de la palangana de plástico. Luego venía el viejo flaco trayendo a la pequeña niña que ahora sin ropa, lucía mucho más delgada. Le dieron a tomar una bebida negra que ésta tomó con gusto y casi al instante cayó. Desmayada, la colocaron sobre la mesa del tronco y Diablo de un solo hachazo dejó caer la cabeza de la pequeña niña.

Vaciaron la sangre del pequeño cuerpecito. Y lo mezclaron con el ron, hicieron una fila y pasaron todos tomando sorbo grandes de la satánica bebida, mojándose las manos con sangre y untando en la cara, en los brazos y en el pecho. Diablo con su diadema de dos cuernos y su capa roja y desnudo tomó un vaso de la sangre, se pintó la cara y el pecho y pidió silencio porque había llegado la hora de la coronación.

Lía también sonreía y le parecía fantástico lo que vivía. Le habían dado a beber la sangre con ron y se sentía un poco mareada. Diablo la tomó de la mano, la sentó desnuda en la silla que estaba sobre la mesa, la bañó de la cabeza, los pies con aquella sangre y empezó a gritar como enajenado.

«Luzbel Lucifer, Satanás y a ti Diablo de la oscuridad. Señor de las tinieblas, te ofrezco esta muñeca. Puca puca puca capuca».

Y todos aplaudían y danzaban alrededor de la mesa donde ella estaba sentada y bañada de sangre de la cabeza. Un muchacho muy joven y con una máscara de diablo acarició el cuerpo bien formado de Lía, acarició sus pequeños senos y la penetró. Todos gritaban mientras todo esto sucedía, Lía se deslizaba como pequeña serpiente y se miraba como que disfrutaba de tal posesión.

Todos aplaudían, repartían más y más sangre. Y así, con este acto, quedó oficialmente galardonada Lía como la Muñeca del Diablo.

11

LAS COMPRACHICAS

Las comprachicas son mujeres muy astutas. Se ganan y dedican su vida recogiendo material humano fresco, carne accesible y fácil de colectar. Llegan a los pequeños poblados. Se apropian de niñas que viven en la calle o en los barrios marginados, donde no se nota la ausencia de nadie. Ellas merodean como perros hambrientos en busca de comida, ya que conseguir a estas niñas les traerá mucho dinero y satisfacción personal y por ende, una manera muy buena para vivir manejando un buen *van* (es decir, camioneta) y pasando por restaurantes en las carreteras, comiendo muy bien y bebiendo las mejores cervezas.

Lía venía ya de regreso a su casa con su canasto vacío, pues había vendido todo el pan en el batallón. Un *van* blanco se detuvo al lado de ella. Lo manejaba una mujer rubia y bien maquillada. En el asiento del pasajero venía otra señora mayor con lentes oscuros.

La conductora le dijo con voz muy agradable:

«¿Adónde vas, muñeca linda?»

Lía le contestó: «Ya de regreso a casa».

«¿Y dónde vives?»

«En el campo número 5 de las bananeras», contestó Lía.

«Ah, qué bueno».

«Nosotros vamos para allá. ¿Quieres que te llevemos?»

Lía dijo «sí», y le dieron paso para que se sentara en uno de los asientos de la parte de atrás del *van* que estaba preparado con seis líneas de asientos.

Tenía buen aire acondicionado, pues no tenía ventanas. Sólo las dos de adelante.

«¿Y tienes amiguitos?», preguntaron las mujeres.

«Sí, tengo una sola amiga llamada Milena porque las otras se fueron a trabajar a la capital».

«¿Y a ti no te gustaría ir a trabajar con nosotras?»

«Yo quiero, pero mi mamá no me deja, porque yo soy la que vendo el pan. Y con eso la ayudo para traer la comida, para comprar la comida y el café».

«Pero si vienes, ganarás mucho dinero y puedes mandarle a tu mamá».

«Sí, yo voy. Pero tiene que ser a escondidas de mi mamá y por la noche, cuando ella esté dormida. Y puedes traer a tu amiga>>.

«Bueno, voy a tratar de convencerla».

Dejaron a Lía en su campo. Le regalaron 100 lempiras para que le dejara a su mamá y quedaron de recogerla a las nueve de la noche a tres cuadras de donde estaba la pequeña caseta de la mamá de Lía. Milena la amiguita de Lía no quiso venir, pero Lía se escapó por el hueco que siempre escapaba.

12

VIAJE AL PARAÍSO

El ambiente en el *van* (es decir, en la camioneta) era de alegría. Las comprachicas repartieron bolsita de golosinas y latas de refresco y muy frecuentemente se detenían a comprar mango, coco o piña cortados en bolsitas y se la daban a las muchachas, que conversaban alegremente de empezar la gran aventura de sus vidas.

Era la primera vez que estas jovencitas viajaban y se sentían emocionadas de saber qué pronto tendrían ropa, zapatos, carteras, dinero para mandar a sus mamás y pinturas para su cara y sus uñas. Lía soñaba con mandarle una gran caja de comestibles a su mamá para que compartiera con Léster. Otras decían que todas las semanas enviarían cartas, pero Lía no sabía leer ni escribir a pesar de que ella tenía 11 años. El viaje transcurrió sin novedad y por fin llegaron a la primera estación: Las Tablitas.

A las cinco de la tarde, justo cuando ya empezaba la algarabía en el bodegón de la lujuria y el éxtasis. La chula y su marido salieron a recibir a las mujeres y a las ocho chicas que traían. Las sentaron a todas alrededor del mesón y les sirvieron cervezas, refrescos y un tremendo plato, con cerdo asado, arroz y ensalada de lechuga y tomate. Rosario, la más joven de las comprachicas, le dijo a la chula:

«Escoge a cuatro porque a las otras las llevo para Guatemala».

«Llévate a las que quieras, pero déjame a la bonita del vestido rojo. ¿Cuántos años tiene?»

«Tiene 11 años», contestó la chula, pero parece de 15. Está muy desarrollada y creo que es la más alegre». Contestó. «La comprachicas es conversadora. No ha parado de hablar, reír y cantar en todo el camino. Se llama Lía».

Y la chula le contestó: «Trato hecho».

13

UNA CAMA MUY LIMPIA

A Lía la colocaron en el último de los cuartos. Solo había una cama muy limpia forrada con una sábana muy blanca. Lía se sentía contenta. Por primera vez, dormiría en cama y sin nadie al lado. Pues en su caseta siempre durmió con sus tres hermanos y en un petate tirado en el suelo de tierra, pero eso había quedado atrás. Ahora también tenía un pequeño gavetero. Muy pronto, vino la chula a entregarle una cajita plástica con cosméticos, un bote de brillantina, tres pinturas para uñas, cinco calzoncillos de encaje, cuatro falditas muy pequeñas y varias blusitas. Y le dijo:

«Bienvenida muñeca, guarda esto en el gavetero. Todo esto es tuyo. Las otras muchachas se encargarán de enseñarte a levantar tu belleza y dime, ¿eres ya mujercita?»

Lía contestó rápidamente:

«Sí, desde los nueve años».

«Qué bueno, porque pronto tendrás muchos acompañantes. Pues mañana vienen los muchachos del batallón y todas tenemos que estar preparadas».

Esa noche, el negocio estuvo lento y Lía no participó en el movimiento. En cambio, durmió toda la noche como una reina y abrió los ojos a las 12 del día porque en el lugar había un profundo silencio que fue interrumpido por la música de la rocola.

Ahora en las tablitas, había electricidad y habían hecho mejoras, pues ya tenían servicios sanitarios y habían acondicionado unos cuartos, unas pequeñas casetas con duchas para que las chicas pudieran bañarse. Las comadronas encargadas de la limpieza empezaron a gritar:

«Arriba arriba, a bañarse bien todas y a perfumarse los cusucos porque hoy tendremos lleno completo el changarro. Arriba, muñecas, arriba».

El desayuno que les daban era pan blanco con mantequilla escurrida y café en abundancia para que se les pusiera arriba el espíritu con la cafeína. Durante la tarde, tomaban Coca Cola y volvían a repetir la dosis de pan con mantequilla escurrida, hasta que llegaban las cinco de la tarde y empezaba el movimiento de las muñecas que desfilaban con sus minifaldas muy alegres, cantando con sus pestañas postizas y todas parecían muñecas.

14

EL CUMPLEAÑOS DEL SARGENTO LEBARÓN

Era domingo por la mañana y la fiesta en las tablitas había comenzado. Las muchachas estaban bien maquilladas con sus diminutos vestidos y bien perfumadas. Ya se les había dado de tomar sus dos pastillas acostumbradas, una para prevenir embarazos y otra para que se pusieran eufóricas. La música se escuchaba a todo volumen y la chula y su marido el cantinero servían bebidas a los muchachos del batallón.

Hoy era una noche especial, pues era el cumpleaños del sargento LeBarón y la chula le tenía un regalo exclusivo para esa noche y le dijo que escogiera entre las muchachas a una porque la tendría gratis por las tres horas que ellos acostumbraban a quedarse. Mandaron a las chicas a desfilar alrededor de LeBarón.

Todas estaban preciosas. Pero una más era Lía que ya con sus tacones, parecía una muchacha de 15 años. Estaba linda con sus pestañas postizas y su pelo recogido hacia arriba en una cola amarrada con un enorme lazo rojo. En verdad parecía una muñeca. LeBarón era un hombre de estatura baja. Tenía una cara bien hecha y de piel blanca y cabello castaño, un bigote bien cortado y muy bien vestido. Cuando Lía pasó por su lado, se quedaron viendo mutuamente y éste inmediatamente dijo:

«La escojo a ella. ¿Cómo te llamas?»

Lía le contestó.

Las muchachas y los muchachos pusieron música romántica en la rocola. Luego empezaron a bailar entre intercambios de miradas y dinero que daban a la chula, las parejas unas entraban y otras salían de los pequeños cuartos. A Lía LeBarón la tenía sentada en sus piernas y la acariciaba como si fuera su novia. Luego la llevó cargada hasta el pequeño cuarto donde tuvieron una exquisita cama de amor. Antes de despedir a los muchachos, la chula trajo un pastel de tres leches. Le encendió una vela y los convocó a todos para cantarle el feliz cumpleaños número 24 al sargento LeBarón.

15

LA VIDA EN LAS TABLITAS

Las muchachas de las tablitas son como las lechuzas. Por el día duermen. A las cuatro de la tarde, se levantan a poner alma, vida, corazón en el arreglo personal y disfrutan de la música. Su pan blanco con mantequilla, mucho café y traguito de ron con Coca Cola de vez en cuando. Tienen techo, comida, diversión y mucho sexo por la noche. Sienten que están en realidad en una vida alegre. No se sienten maltratadas ni abusadas, pues son extremadamente complacientes con sus acompañantes y se acostumbran a disfrutar de ello.

De vez en cuando, se les asigna una cantidad mínima de dinero. La chula lleva un cuaderno donde tiene anotado el nombre de todas y la cantidad asignada de cada una de ellas noche a noche. Lía alegraba el ambiente siempre estaba bailando y se ganaba la mirada de todos los amigos de las tablitas. Era la única a la que la chula le permitía subirse al mesón y quitarse la ropa bailando y desnudándose poco a poco al compás de la música era preciosa. Tenía una mirada seductora. Sabía muy bien ondular su cuerpo. Se acostaba sobre el mesón y empezaba a mover su silueta como si fuera una pequeña serpiente.

Todos la aplaudían y discutían entre ellos y aumentaban la propuesta de dinero. Esto sucedía de lunes a sábado porque el domingo el sargento LeBarón pagaba muy bien por tener a Lía todo el tiempo que él estuviera ahí. El romance entre Lía y LeBarón era obvio. Él traía cajas de chocolate y galletas. Nunca le faltaba a Lía la leche condensada que ella le encargaba.

Lía se sentía fascinada en los brazos de LeBarón. Eran de la misma estatura y se acoplaban bien en el lecho de amor, dónde Lía le devoraba, con mucho gusto, toda la dulce leche que ella misma ponía en los genitales de su amado LeBarón.

Así continuó aquella vida de alegría en las tablitas, noche tras noche, día tras día, mes tras mes.

16

LA HORA DE LA TORTILLA

Los clientes habían aumentado en las tablitas. Se habían mejorado y pintado los pequeños cuartillos y en los mostradores del salón había botellas de whisky, vodka y ron. También las hieleras, que ahora eran eléctricas, estaban llenas de cervezas de todas las marcas.

También venían caballeros más elegantes, como los abogados que trabajaban en el juzgado, el joyero turco, algunos médicos y dueños de abarroterías. Todo era alegría en la feria de la alegría, aunque de vez en cuando el corpulento cantinero, le toca sacar a patadas a uno que se pasó de tragos y no se está comportando a la altura.

Ahora también la chula tiene un ayudante para trabajar con el monstruo que así le llamaban a su marido por su porte de matón y lo grande de su cuerpo. Roberto es un muchacho muy guapo de unos 14 años y ayuda a botar botellas vacías, sacar la basura, limpiar el mesón y todo lo que el monstruo le mande a hacer.

Cuando el negocio está lento, la chula destapa una botella de guarón y la deja caer en un jarrón de plástico. También le pone fruta cortada y una limonada sin azúcar con un poco de sal y reparte de esta bebida a las muchachas. Ya cuando están más alegres y todos los caballeros se han marchado, están deseosas de amarse entre ellas, pues se han acostumbrado a tener múltiples orgasmos y tienen el permiso de practicar lesbianismo.

Y como les dice el monstruo muy emocionado:

«Llegó la hora de la tortilla, muñecas bellas. Llegó la hora de la tortilla».

A Lía la acompañan tres de sus compañeras más allegadas. En la intimidad del cuartito de Lía, la besan, la acarician, le practican sexo oral una por una y la transportan al éxtasis.

El monstruo de vez en cuando corre las cortinas de los cuartillos y disfruta del show en vivo y a todo sabor.

17

DOÑA CAYETANA

Como en todos los pueblos, las damas de la alta sociedad tienen un club donde se reúnen sobre todo los sábados y domingos después del servicio religioso. Algunas toman su martini o un cóctel bien preparado con jugo de frutas naturales y bien decorado. Otras toman té o café. Juegan cartas, pero sobre todo, todas son el ángel de la noticia, muy comunicativas y comparten entre ellas las novedades de la ciudad. Doña Cayetana era la esposa de un abogado de renombre llamado Saturnino, que era la máxima autoridad en el juzgado del pueblo conocido por su buen corazón y respetado por todos, aun cuando sabían que tomaba con mucha frecuencia bebidas alcohólicas.

Las amigas más cercanas de doña Cayetana eran seis y siempre compartían mesa en el club. Esta vez comentaban en voz baja.

Rosa, dijo:

«¿Qué te pasa, Cayetana?»

«Estoy preocupada», contestó.

«Mi marido se me está escapando por las noches. Creo que tiene una amante. Y lo peor es que viene bien tomado. Y cuando le quito la ropa y se la reviso, trae pegados los calzoncillos como si tuviera un pegamento blanco».

Todas se rieron y comentaron:

«Ése es el semen, boba».

«¡No!» dijo Cayetana. «Huele a leche condensada o helado de vainilla o algo así».

Todas se rieron. Una de ellas llamada Mireya le propuso a doña Cayetana que la próxima vez que saliera don Saturnino, la llamara inmediatamente y que lo seguirían. Y así fue.

18

EL SEÑOR SATURTINO

Esa tarde de viernes, el señor Saturnino llegó un poco más temprano de lo acostumbrado. Se sirvió un trago de whisky y se dispuso a hacer una siesta. Después de una hora y media, se levantó, tomó un buen baño y salió de su casa con la excusa de ir donde un colega a recoger unos documentos. Doña Cayetana lo despidió con una sonrisa, pero inmediatamente llamó a Mireya, que vivía a una cuadra de su casa. Vino con su carro casi de inmediato y empezó la persecución con cautela para no ser vistas por su don Saturnino. Cuando él se detuvo en la parte de atrás de las tablitas, ellas siguieron sin ser vistas por él.

Doña Cayetana estaba estupefacta. No podía creer lo que había descubierto. Siguieron y a dos cuadras, vieron a dos jovencitos caminando y se detuvieron al lado de ellos. Doña Mireya les preguntó:

«¿Viven por aquí?»

Los muchachos le contestaron:

«Sí, ¿por qué?» y se detuvieron.

«¿Ustedes conocen ese lugar, las tablitas?»

Ellos no contestaron. Fue entonces que doña Cayetana sacó dos billetes de 100 y entregó uno a cada uno. Justo empezaron los muchachos a hablar.

«Sí, ahí hay muchas chicas lindas trabajando».

Y Mireya preguntó:

«Y hay menores de edad?»

«Sí, casi todas son menores. Incluso hay una que tiene como 12 años».

Aceleraron y regresaron a su casa. El comandante del DNI, Departamento de Investigación. era sobrino de doña Cayetana y no dudó en llamarlo. Ahora que estaba tan disgustada y le dijo:

«Tienes que ayudarme, Pablo. Hay un lugar en las afueras de la ciudad donde tienen a niñas menores de edad trabajando. No podemos permitir que esto suceda. Necesitamos hablar seriamente. ¿Puedes venir ahora? Tengo cena ya lista y Saturnino no vendrá, así que hay suficiente comida para los dos».

19

OPERACIÓN RESCATE

Los vehículos patrulleros venían en caravana. Eran como 15 con las luces apagadas. En silencio, rodearon por completo el local de las tablitas. Unos se colocaron en la parte de enfrente y otros en la parte de atrás. También con ellos venía un camión verde oscuro con carrocería de madera y pintada también de verde oscuro.

Cuando llegaron, encendieron las luces y bajaron como 30 soldados con sus fusiles casi listos para disparar. Irrumpieron en el lugar, unos por delante y otros por la puerta de atrás, todos encañonando con sus fusiles. El que entró primero, dijo en voz alta:

«¡Operación rescate! ¡Todos con las manos en alto!»

Se formó el caos en el recinto. Las muñecas corrían asustadas a esconderse debajo de las camas de sus cuartitos. Arrestaron al monstruo y a la chula. Sacaron esposados a 22 hombres y a las muñecas las sacaron en fila con las manos hacia arriba. Subieron a todos en el camión verde. Ahora los patrulleros tenían las luces de sus carros encendidas y las sirenas que formaban un tremendo alboroto.

Afuera, todos los vecinos cercanos se agruparon para ver lo que estaba aconteciendo. Cerraron las puertas y rodearon el lugar con cintas amarillas, dando la señal de que el lugar quedaba cancelado.

Llegaron a la pequeña cárcel del pueblo Colocaron a todas las muñecas en la celda más grande, y a los hombres todos amontonados en la otra celda. A la chula y al monstruo los trasladaron a la comisaría para que rindieran su declaración.

Lía no se inmutaba, estaba sentada en un banco de la celda y vivía el momento como si fuera algo normal y transitorio. No dejaba de saborear su bomba de mascar.

20

SÁQUENNOS DE AQUÍ

No había movimiento afuera de las celdas y ya eran casi las nueve de la mañana. Los hombres detenidos empezaron a gritar y hacer ruidos para llamar la atención de los soldados en turno.

«Oigan, oigan, traigan agua o café. Tenemos mucho frío y hambre. Sáquennos de aquí».

Gritaban otros, pero parecía que nadie los escuchaba.

Pasaron varias horas para que dos de los guardias abrieran el grande y viejo candado y dejaran libres a todos los hombres. No les habían dado ni un vaso de agua, pero tampoco les presentaron ningún cargo. Las muchachas estaban hambrientas y desesperadas. Cuando vieron pasar a tres de los uniformados, se levantaron la blusas, riéndose. Les mostraron a los soldados su pecho desnudo y les decían:

«Por favor, guapos, traigan comida, traigan café, traigan aunque sea un panecito».

No había comida para tantas reclusas y los encargados se comunicaban constantemente con el Comisario para dejarles saber la situación que se estaba poniendo cada vez más tensa. Las damas del Club de Águilas, por supuesto, enteradas del operativo y tratando de ser siempre generosas, trajeron canastas con emparedados de pollo con muchos refrescos.

Al día siguiente, las personas del reclusorio se reunieron en el juzgado para dilucidar, tratandode resolver el destino de las detenidas. Cuando son menores de edad, la policía investiga si fue en comisión de un delito o si ellas fueron víctimas. En muchos países, la prostitución no está catalogada como un delito en sí.

Se estudia si las reclutadas han estado como proxenetas. Una vez que se investiga que son menores, se llama a sus familiares, padres, tíos o abuelos. Si no existe nadie que se haga responsable, se llama a la fiscalía de la niñez para encontrar un centro que pueda darles una atención especializada para ayudar en el desarrollo normal de la vida de estas niñas.

A los que tenían algún pariente que se hace presente, se le entregan en 24 horas, como eran muchas, y los centros no tenían el cupo para algunas, las damas de la iglesia dan ayuda a la comunidad. Cada una de ellas está en el registro de posibles hogares de apoyo a menores y entre ellas, la profesora Ana Rosa, una maestra respetada por todos, muy generosa, colaboradora con su comunidad y viuda desde hace dos años y a la cual se le fue entregada en custodia a la señorita Lía, ya que no pudieron comunicarse con ningún familiar.

21

LA MAESTRA ANA ROSA

L a maestra Ana Rosa tomó su tiempo de día y de noche, enseñándole a Lía a leer y a escribir. Y ésta fue muy inteligente porque en menos de tres meses ya estaba escribiendo y leyendo. También le enseñó modales, en cómo sentarse, cómo comer, cómo vestirse y todo lo necesario para que se desarrollara decentemente como una señorita.

Lía tenía un buen cuidado de parte de la maestra Ana Rosa. Le brindaba ropa bonita, calzados, comida, instrucción. Ya parecía una señorita de la sociedad. Pasó así un año y medio hasta que un día, la maestra Ana Rosa mandó a Lía a comprar una botella de *ketchup* (salsa de tomate) y una botella de tabasco que hacía falta para el almuerzo.

Lía no regresó.

La maestra la buscó y llamó a comisaría porque como ella era responsable de esa pequeña, ella tenía que dar parte a las autoridades de la desaparición de la muchacha.

Se investigó el paradero del Lía, pero nadie supo nada. El sargento LeBarón se había encontrado con ella y ella estaba feliz de volver a verlo. Se abrazaron y se besaron. El sargento LeBarón se la llevó.

Manejó hasta la frontera con Guatemala y ahí en la frontera, le dijo a Lía:

«Tienes que irte porque ya te escapaste de la custodia de Ana Rosa. Si te encuentran, van a ponerte presa y yo no quiero eso. Va a venir una señora que te va a pasar para la frontera de Guatemala y ahí ya no vas a tener miedo de que te arresten ni nada, porque vas a estar muy bien».

Hizo el intercambio de dinero con la señora gorda y con un gran delantal blanco, le entregó a Lía. Lía caminó con la señora atravesando montes y ríos para llegar al otro lado, hasta llegar a la antigua Guatemala donde había otro lugar muy parecido a las tablitas pero ésta era una gran casa pintada de amarillo. Todos los vecinos la conocían como la Casa Amarilla.

Ahí había movimiento de muchachas y a Lía le encantó volver al recinto donde iba a tener tanto amor.

A Lía se le asignó un pequeño dormitorio donde iba a tener tres acompañantes más. Tres muchachas muy alegres, muy cariñosas recibieron a Lía con mucho cariño. Le dieron la bienvenida y ya esa noche estaban en tremenda actividad.

Tenían muchísimos visitantes, caballeros de todas las edades y la fiesta empezó de nuevo.

Cuando Lía se subía a la mesa a bailar y a despojarse poco a poco de su ropa, parecía una muñeca con la mirada seductora y todos se le quedaban viendo. Tenía algo extraño en la mirada, como si estuviera poseída por algo, porque la manera de danzar y de mover el cuerpo, como una pequeña serpiente. Se ondulaba acostándose boca arriba y bailando y torneando su cuerpo para un lado y para el otro.

22

LA CASA AMARILLA

Esa noche, había mucho revuelo en el recinto. La *casa amarilla* estaba encendida, llena por completo. Los clientes estaban contentos. Habían puesto música griega y todos bailaban al compás de la música. Había mucha alegría y Lía, como siempre, sobresalía parada en las mesas bailando y ahora todas las noches usaba una diadema con dos cuernos rojos y se vestía completa de rojo: su vestido rojo, su ropa interior roja y hacía la danza del diablo arriba de las mesas torneando su cuerpo como serpiente y con una mirada embriagadora.

Los caballeros se quedaban admirándola, pero sobre todo uno que era la primera vez que llegaba al lugar. Era como de 42 años. Media como seis pies de estatura. Pesaba como unas 250 libras bien fornido, pero bien hecho, el hombre muy bien parecido. Y estaba sentado en la mesa donde Lía estaba bailando y la estaba devorando con la mirada.

Pagó para compartir toda la noche con ella y la tuvo en la pequeña habitación disfrutando de las mieles del amor de la lujuria y del sexo.

A la mañana siguiente, cuando las comadronas llegaron a buscar a las niñas para que se levantaran. Eran ya las 12 del mediodía y se dieron cuenta de que Lía no estaba se había escapado del lugar con aquel hombre. Aquel hombre era puertorriqueño y había decidido llevarse a Lía para Puerto Rico porque estaba fascinado con ella y decía a esta muñequita:

«Yo me la llevo. Esta muñequita va a ser mía para siempre».

Ya Lía tenía 14 años y era muy bonita. Todos se preguntaban:

«¿La muñeca, dónde está la muñeca de los cuernos? ¿Dónde está la muñeca del diablo?»

Se escapó.

23

LA ISLA DEL ENCANTO

L ía llegó feliz a la Isla del Encanto, de la mano de Luis, quien había pagado lo suficiente como para resolverle los documentos y convertirla en una auténtica ciudadana puertorriqueña.

Luis era un muchacho de 43 años de edad. Vivía en una casa muy grande, en una zona residencial de lujo, en las afueras del Viejo San Juan. Era ingeniero industrial y tenía un negocio muy lucrativo. Daba servicio de limusina y todo tipo de transporte para diplomáticos, mafiosos, turistas de mucho dinero y cualquiera que pudiera necesitar servicio lujoso de transporte. Ya tenía 15 años de ser próspero para la familia y el mismo Luis.

Sus padres murieron en un accidente y le habían heredado una fortuna. Nunca quiso casarse, pues era hombre de espíritu libre y no tenía interés de casarse o tener una pareja fija. Pero con esta muchacha era diferente. Su picardía, su actitud y en sí esa manera tan especial de ser, lo habían hecho querer cuidarla y estar con ella. Había algo, una fuerza inexplicable que atrapaba su atención para con Lía y lo hacía sucumbir a todos sus deseos.

Con Luis trabajaban una ama de llaves llamada Juliana y Víctor, el jardinero. No tenían ningún animal doméstico.

Ese fin de semana, Luis dedicó el tiempo para llevar a Lía a conocer lugares especiales de Puerto Rico, como la Plaza de Colón, que estaba llena de turistas. En el Paseo La Princesa, había venta de bisutería y artesanías propias de la Isla del Encanto. Luis le compró un coquí y a Lía le gustó mucho. La ranita de madera. Luego caminaron y cuando pasaron enfrente de la parroquia de San Francisco de Asís, se escuchó un silbido muy fuerte. Vino un remolino, un viento muy fuerte que envolvió a la pareja levantando por completo las faldas del vestido de Lía, las hojas secas del suelo y mucho polvo también.

24

LA LLEGADA DE DIABLO
A CASA DE LUIS

Lía le pidió a Luis que le comprara un cachorro. Lo quería negro y así lo encontraron. ¡Qué hermosura de dóberman! Tenía sólo seis meses. Estaba hermoso.

«¿Cómo se llamará?» preguntó Luis.

«Lo llamaré Diablo» contestó Lía.

«Uy, ¿y por qué ese nombre?»

«Bueno, porque tuve un amigo increíble al que todos llamaban así y como es negro».

Diablo y Lía se volvieron inseparables. Caminaban por el jardín y por las noches lo dejaba en su cama y a veces cuando Diablo bajaba para el piso, Lía bajaba también y dormía con él. Por el día, la muñeca, muy bien vestida, casi nunca hablaba con nadie. Hablaba solamente con su perro, que ahora era su amigo inseparable. En las noches de luna llena, la muñeca y Diablo caminaban mucho recorriendo los alrededores de la casa.

En las noches de amor de lujuria, diversión, placer desenfrenado, Luis servía trago de vodka con jugo de naranja y en una cajita de cristal con cocaína, una pipa con marihuana de la buena, la noche era romántica. La música metálica. Un espejo cuadrado arriba de la mesa con una pajía absorbente.

Lía hacía el dibujo de tres seises con el polvo de cocaína y le gustaba que se reflejara en el fondo del espejo.

Su dibujo con los tres seises, los cuales absorbía y disfrutaba lentamente, alternando con sorbo de vodka y puros de hierbabuena. Diablo siempre estaba al lado de su adorable niña o en sus piernas.

25

JULIANA DESCUBRE
EL LUGAR SECRETO DE LÍA

Juliana había preparado un emparedado de jamón y queso para Lía, ya que Luis le había encargado que vigilara su comida, pues estaba muy pálida y más delgada. La buscó en su alcoba y por el jardín. La llamaba pero no respondió ni ella ni Diablo. En la parte de atrás del jardín, había un cuarto donde se guardaban herramientas de jardinería, mangueras y utensilios de limpieza. Juliana escuchó risas y música metálica que provenía de ese lugar.

Como la puerta estaba entreabierta, Juliana se acercó sigilosamente y vio a Lía tirada en el piso con una lata de leche condensada, derramándola sobre su vulva completa, incluyendo los labios vaginales y su clítoris. Su perrito Diablo se la lame encantado, disfrutando del dulce manjar mientras escucha los gemidos de Lía con sus sensibles oídos de canino.

Ahora la vieja comprendía por qué Lía se perdía mucho tiempo de la casa. Había descubierto el escondite de la muñeca y dio la vuelta sin ser vista, formando con su mano una cruz en su cara.

LA MUERTE MISTERIOSA DE LUIS

Pasaron algunos años y Diablo había crecido mucho. Nadie pasaba por las noches enfrente de la casa de Luis. Los vecinos habían corrido la voz que Diablo era un perro malo y satánico porque por las noches, los ojos brillaban como brasas y todos le tenían horror.

Aquélla era una tarde de invierno. Cuando Luis bajó de su auto, un destello, una luz muy fuerte bañó todo su cuerpo, que quedó tirado en el piso. Se volvió de color púrpura, humeando en su totalidad.

Diablo y Lía vieron todo el espectáculo, pues estaban frente al ventanal y salieron corriendo llamando a Juliana:

«¡Vieja, vieja!. ¡Corre, llama el rescate inmediatamente!».

Lo que Luis dejaba atrás eran muchos empleados, unos pocos amigos, su tía, la hermana de su padre, con su esposo y tres sobrinos. Los tíos fueron los encargados de organizar el funeral.

Uno de los mejores amigos de Luis vino a su entierro. Él vivía en *Miami*. Como Lía tenía que dejar la habitación de Luis por orden de los tíos y familiares, Tony le propuso que viajara con él, que no le haría falta nada. Ella aceptó la propuesta con mucho gusto.

LÍA EN MIAMI

Miami, la capital del sol, el lugar más lindo del planeta donde se mezclan las comunidades del mundo entero. Los turistas son inmensamente felices cuando visitan la bahía, pues encuentran restaurantes con conceptos europeos, asiáticos, anglosajones, mediterráneos y de todas partes.

Hay carritos y puestos donde se ofrecen diferentes tipos de bocaditos: mango, piña, naranjas, fresas y muchas frutas cortadas en trocitos, dispuestas para que el público las saboree. Perros calientes, pastelitos de guayaba, café italiano y cubano por todas partes, venta de castañas asadas, maíz en todas sus formas, salchichas y bocados exquisitos para todo tipo de sabores.

South Beach con súper restaurantes.

Tony y dos socios italianos eran propietarios de uno de esos restaurantes donde se servía todo tipo de pastas y auténtica comida italiana. La vida de verdadero trabajo ahora empezaba para Lía. Dante, el ayudante de cocina, enseñaría a Lía a preparar las ensaladas y pastas. Tuvo una alumna muy eficiente, pues en término de cuatro días ya estaba preparada para servir exquisita ensalada caprese, deliciosas pastas con salsas rojas, blancas y transparentes con ajo y aceite de oliva virgen.

28

RESTAURANTE LA DOLCE VITA

El restaurante era hermoso en su totalidad. Estaba ornamentado con plantas naturales de grandes hojas verdes. Tenía dos barras grandes, una a cada extremo. La capacidad era para 200 personas. La iluminación, como tenía un techo tan alto del cual colgaban inmensas lámparas con adorno de cristal y con su luz tenue, ayudaban al ambiente romántico del lugar. La música variada y bien seleccionada ponía un acento intenso de paz y amor. Siempre había mucha gente, grupos y muchas parejas saboreando las delicias de *La dolce vita*. En el centro, en forma de rectángulo, estaba la cocina abierta ante el público, el olor a ajo refrito en aceite de oliva extra virgen y con una hojita de laurel era el alto aroma que perfumaba por completo todo el recinto. A un lado el *pantry*. Éste es el lugar donde se preparan y son servidas las ensaladas y después el lugar donde se prepara el café con leche, cortadito o chocolate caliente y alrededor, las mesas bien organizadas con manteles blancos, servilletas azules que dobladas en forma de cisne hace sentir un ambiente del mar que se une con la tierra.

ESTACIÓN Nº 6

Rodeada de lechugas, tomates, pepinos y aderezos, todo tipo de quesos, Lía se sentía en un santuario. Al frente, la estación número seis constaba de cuatro mesas, las cuales eran exclusivas para clientes de mucha importancia y que reservaban con mucha anterioridad.

Lía trabajaba muy bien y rápido. En el tiempo que no tenía comanda, miraba a la gente llegar, pero sobre todo los martes, que fijo llegaba una pareja formada por un hombre de estatura mediana con unos 55 años, muy bien vestido. Su cabello era negro y su piel blanca

lo acompañaba una mujer angelical, indescriptiblemente bella. Su pelo era rubio, casi blanco, parecía sacada de un libro de maravillas, su vestuario perfecto y su manera de conducirse, extremadamente atractiva y sensual. Era tanta la fascinación de Lía que muchas veces salía hasta la mesa para preguntarles si todo estaba bien.

La pareja se notaba muy enamorada, pues se acariciaban, se tomaban de las manos y se besaban en los labios con mucha frecuencia.

Cuando Lía regresaba a su pequeño apartamento que Toni le había rentado, Diablo salía corriendo. Saltaba arriba de ella. Lía se quitaba la ropa, ponía música metálica, se dirigía a la ducha para bañarse con su perrito Diablo. Luego se escuchaban risas por todo el lugar.

30

LOS PRIVILEGIOS PARA LÍA

Como Lía era amiga del socio mayoritario, era tratada con más privilegios que los demás, aunque ella siempre cumplía con su horario, a veces tomaba sus tragos de vodka con jugo de naranja. Iba al baño con mucha frecuencia, para oler energía con una pajilla de plástico y su bolsita de perico. Era martes a las 10:00 de la noche. Lía estaba sentada en la taza del sanitario, cuando escuchó que a su lado a alguien que absorbía por la nariz con mucha fuerza. Ella conocía muy bien ese sonido. Cuando salió al tocador se encontró con aquella rubia elegante, perfumada, con un aspecto misterioso, pero muy elegante.

«Hola», dijo. Me llamo Lía».

«Sí, te he visto trabajando frente a la estación donde me siento con mi amigo Kris.

Mi nombre es Susana. ¿Y él es tu esposo?»

«No, es sólo un amigo. Pero un día vendré con mi esposo y te lo presentaré», dijo Susana agradablemente.

«Como me caes bien y sé que te gusta lo que te voy a dar, toma este regalito. Pruébalo y cuando quieras. Yo te puedo conseguir a buen precio».

Susana lo tomó y dijo gracias y lo guardó en su cartera.

31

EL SATÁNICO TED

El satánico, un mesero colombiano llamado Ted era uno de los más populares de *La Dolce Vita*. Desde que conoció a Lía, Ted sintió por ella una atracción más allá de la razón.

Pasaba por enfrente cada vez que podía. Promovía con mucho entusiasmo la venta de las ensaladas para poder tener el pretexto de llegar con frecuencia a ver a Lía e intercambiar unas palabras en el *pantry*. Era simpático, de 28 años y muy guapo. Tocaba la batería en una banda de *rock* y tenía muchos amigos rockeros. Todo el equipo de la banda estaba en el apartamento de Ted y allí se reunían frecuentemente todos los miembros de la banda a ensayar su música. Esa noche, al finalizar la jornada, Ted se reuniría con su grupo y muy cordialmente invitó a Lía.

«¿Por qué no vienes a casa hoy? Nos reuniremos y tendremos de todo. Tengo un buen amigo chileno que es un chef fabuloso y hoy preparará ceviche y bocaditos para todos. ¿Qué dices? ¿Vienes con nosotros?»

32

MÚSICA Y BAILE EN CASA DE TED

Lía estaba preciosa. Tenía puesto un vestido rojo muy arriba de la rodilla y unas botas negras. Su pelo ahora estaba cobrizo y se veía como una muñeca.

Cuando entró en el apartamento de Ted, se quedó fascinada. Las cortinas eran negras. Había poca luz y había una mesa llena de botellas de ron, whisky, tequila. Había jugos de arándanos de naranja y limonada para que cada quien hiciera sus mezclas pertinentes.

Se sentía el aroma de los cigarros de marihuana, la hierbabuena.

«¡Silencio, silencio!», dijo Ted.

Y todos dejaron de tocar los instrumentos que estaban ejecutando. Hicieron una rueda alrededor de Ted y Lía, y éste dijo:

«Quiero presentarles a esta muñeca y dedicarle esta noche completa a ella. Nuestra música, nuestra comida, nuestros bocaditos y todo lo que este apartamento encierra».

«¡Bravo! ¡Bravo! ¡Bravo!», dijeron todos.

Se repartieron entre ellos bebidas, cigarros de hierbabuena y algunas líneas blancas. Todos estaban felices. Bailaban. Lía pidió permiso a Ted de pasar al tocador, pero cuando pasó por una habitación que estaba entre cerrada la puerta, sintió que de ahí provenía un olor muy fuerte de incienso y flores amarillas que le trajeron recuerdos.

Fue invasora y sin permiso. No pensó dos veces para abrir la puerta y entró y vio una estrella grandísima pintada en rojo, velas encendidas y una figura muy grande pintada al óleo. Fue lo que más le llamó la atención a ella. Era una imagen grande e impresionante del dueño del mal y de las tinieblas.

33

REENCUENTRO

Ahora la muñeca sentía más simpatía por Ted. Quería ser su amiga. Había llegado donde estaba su amigo, a quien fue entregada cuando tenía once años. ¡Qué altar más lindo había visto!

Quería salir corriendo a buscar a un niño o a unas gallinas para brindarle al dueño de su vida y de sus sueños. ¡Qué emoción tan grande abrigaba aquella muchacha en su pecho y en su mente poseída! Era como caer en el paraíso perdido por tanto tiempo. Este hombre, como su amado Diablo, era adorador del Rey de las tinieblas. Ahora sí había encontrado el lugar para el reencuentro con su ente. Volvió al salón. Estaba tan emocionada que empezó a bailar al compás de la música metálica. Sacudía su melena alborotada y bailando. recogía todas las miradas. Se subió sobre una mesa y empezó a despojarse de la ropa y todos estaban fascinados. Era la reina de la fiesta. A todos les agradaba y todos sentían una presencia extraña que los hacía sentirse más felices que nunca.

El rey de las tinieblas estaba contento.

34

LA MISMA MUÑECA DEL DIABLO

Y es que todos ellos pertenecían a la misma secta. Los satánicos, los adoradores del diablo o del demonio, del rey de la oscuridad. No hacían falta en este momento las ofrendas de niños, ni de sangre de animal, porque todos estaban henchidos de adoración, de rendir tributo a su amo y en todas las almas de aquellos seres, había lujuria, adoración y simpatía por su Rey, por su ser de las tinieblas, por el ser que complace todos los deseos de sus seguidores y había que homenajearlo.

Lo que nadie sabía es que esa muñeca que bailaba al compás de la música metálica era la misma, la misma, la Muñeca del diablo.

Y todos estaban alegres y todos estaban fascinados. Y la muñeca bailaba desnuda sobre la mesa y se tiraba boca arriba. Se tiraba boca abajo y se serpenteaba. Su cuerpo lo movía sensualmente. Se acariciaba los senos y la vagina.

De repente entró Ted pintado completamente de rojo. No se sabe si era con pintura, con sangre o qué, pero venía bañado de rojo y se subió tan bien sobre la mesa donde Lía estaba bailando. Ella bailaba acostada sobre la mesa y él, un hombre muy bien dotado de sus genitales, empezó a poseerla despacio, despacio. Todos aplaudían, enajenados, endiablados, pero felices. Sobre todo Ted que estaba arriba de Lía, poseyendola con locura y frenesí.

Todos aplaudían. Estaba siendo poseída la Muñeca del diablo.

ABUNDANCIA EN SALUD
Y EN ECONOMÍA

Ted y Lía tenían algo en común. Eran adoradores de Satanás y lo mejor es que Ted ya tenía su legión y su altar de adoración bien montado.

Era un viernes a las 12:00 de la medianoche, cuando el grupo encabezado por la pareja entró en un cementerio. Traían herramientas para abrir una tumba, pues querían conseguir huesos de muertos para una hechicería que realizarían la noche del sábado. Todos fumaron marihuana y tomaron pastillas de éxtasis, bebidas embriagantes y antes de romper la sepultura, se tomaron de las manos en círculo, diciendo oraciones satánicas en voz baja. Puka puka, puka, Rey de las tinieblas. No, no nos abandones. Ven a nosotros. Estamos contigo y tú con nosotros. Gemían como si estuvieran siendo poseídos. Lía se acostó arriba de la tumba, se desnudó, se puso boca abajo simulando una entrega y Ted hizo suyo aquel cuerpo, penetrándolo por el ano, y luego siguieron todos haciendo lo mismo. Eran en total 15. Todos saciaron su instinto sobre el ano ensangrentado y lleno de esperma que Lía disfrutaba con inmenso placer.

Y llegó la noche del sábado. El salón estaba listo. Había velas encendidas por todos lados. El humo de los inciensos inundaba el ambiente y se sentía alrededor una presencia muy extraña en el centro, una mesa redonda con mantel blanco. Lía, desnuda, se enrolló como una serpiente.

Pusieron los huesos arriba del cuerpo de la muchacha. Derramaron la sangre de dos gallinas a quien habían cortado recientemente las cabezas e imploraron por un hombre millonario para Lía y por dinero para todos los ahí presentes. Pedían abundancia en salud y en economía.

36

LOS NIÑOS ABORTADOS

La temporada para recoger niños vivos no estaba buena, pero sí se habían asegurado de negociar con una clínica clandestina que realizaba abortos hasta los tres meses de embarazo.

Con una hielera grande, llegaban por la tarde y recogían hasta 30 cuerpecitos de niños, los cuales su vida había sido interrumpida antes de nacer.

Los preservaban en una mantenedora grande, blanca y cuadrada que Ted guardaba con un gran candado en el pequeño corredor de su casa. Esta vez la orgía, la fiesta y el tributo para el Diablo sería en grande, pues vendrían siete muchachos adolescentes por primera vez. Lo primero que se le brindaba era un vaso que contenía sangre con ron, vodka y polvo de pastillas molidas. Ésta era una mezcla alucinante y embriagante. En el acto, se volvían eufóricos y querían entrar en el mundo de las tinieblas, donde la vida es la misma muerte y el dolor es gozo. En la mesa del centro con el mantel blanco pusieron una paila de aluminio. Trajeron diez pequeños fetos frescos y los abrieron como si fueran pollos. Arriba del contenedor los descuartizaron. Los dejaron dentro de la mezcla. Les pusieron una botella de ron, una botella de vodka y más pastillas, éxtasis molidas. Una mujer gorda con un delantal negro y con un gorro negro movía la embriagante bebida con mucha sutileza.

Luego que todos estaban en esa onda fascinante, la cual disfrutaba inmensamente, los siete nuevos niños se quitaban la ropa y eran poseídos, penetrados por el ano, por todos y cada uno de los participantes del culto satánico.

Cada uno imploraba al Rey de las tinieblas sus deseos, sus inquietudes y los anhelos de su corazón. Pedían por amantes, por dinero, por salud para sus familiares y luego hablaban frases incoherentes y repetían la expresión:

«Puka, puka, puka, satán, todopoderoso rey de las tinieblas. Ven a nosotros que nosotros estamos contigo».

37

LÍA ES DESPEDIDA
DE LA DOLCE VITA

La eficiencia de Lía en *La Dolce Vta* había bajado considerablemente. Se pasaba de copas y faltaba muy seguido a sus turnos de trabajo. Esta vez se acercó a la mesa donde estaba la señorita Susana con Kris. Lo saludó y le pasó disimuladamente una bolsita de cocaína a la señorita. A los cinco minutos, las dos mujeres se encontraron en el tocador del baño y absorbieron aquel blanco manjar.

«Esto está buenísimo», dijo Susana. «A Kris le va a encantar. ¿Cuánto te debo?»

«No, déjalo así». Cuando la pareja se retiró, la muñeca ayudó a recoger la mesa donde habían comido Susana y Kris y se encontró un recibo de una tintorería y ella lo guardó celosamente en su cartera. En las reuniones satánicas, una de las disciplinas a seguir es que todos los hijos de Satán tienen que ser los mejores en todo lo que desempeñan. Si son estudiantes deben obtener las mejores notas, pues deben dar el ejemplo y hacer honor a su máximo.

Lía pensaba en hacer mejor su trabajo, pero cada día se alcoholizaba más y tenía más fuerte la dependencia a la cocaína y al éxtasis. También fumaba mucha marihuana, aunque no se veía desgastada, pues se alimentaba muy bien y apenas tenía 20 años. Todos los empleados del restaurante la querían, pues casi todos se habían acostado con ella y a otros les había practicado el sexo oral, siempre bañándole los genitales con leche condensada.

En un extremo de *La Dolce Vita* había un cuarto donde estaban todas las registradoras y las computadoras, desde donde los camareros mandaban sus comandas. También ahí, en un extremo había una escalera que conducía al techo del local. Entonces estaban bien organizados para subir de cuatro en cuatro a tomar cerveza, a compartir arriba, cuando no había mucho movimiento en el restaurante. Era un grupo como de doce los que mantenían esa camaradería y ese secreto. Subían bebidas alcohólicas. Fumaban allá los porritos de marihuana. También tenían sexo ahí arriba. Hacían orgías y lo pasaban bien, cosa rápida para que los los gerentes, los encargados del restaurante no se dieran cuenta de lo que estaba sucediendo ahí arriba. Y eso lo hacían más que todo los días de entre martes y jueves, que el restaurante no estaba en su totalidad lleno.

Tony estaba buscando a Lía por todo el restaurante. Nadie sabía dónde estaba. Lucas, que era el rey de la noticia. Le dijo lo del lugar secreto de los empleados. Le parecía inaudito lo que había descubierto. Cómo pudo, subió la pequeña escalera y encontró a Lía y dos de los meseros teniendo sexo y tomando cerveza. Indignado, abofeteó a Lía en la cara y despidió a los tres del restaurante. Estaba furioso. Le mandó a la muñeca a desalojar su departamento, pues ésta ya había sobrepasado los límites.

38

LÍA SE MUDA A LA CASA DEL MAL

Al ver a Lía en la calle sin un lugar donde ir, Ted le ofreció vivienda y ella y a su perro Diablo. Con gusto se mudaron a la casa del mal. No tendrían dificultades económicas, pues los ritos de hechicería, brujería, magia negra, entregas de almas a Lucifer y las prácticas de ocultismo dejaban dinero en abundancia. La clientela era muy grande y viene mucha gente de dinero a las orgías y los ritos diabólicos. Algunos vienen a pedir por muerte para sus rivales, por fortuna, por fama, por amores prohibidos, por amantes alejados y otros por tratar de resucitar de diferente forma a sus seres que han fallecido. Lo que más disfrutan son las orgías, la lujuria y el sexo extremo de los participantes. En estas reuniones hay alguien que escucha la voz de Lucifer haciendo un pedido y esta noche a gritos, Rubén, uno de los más jóvenes, expresó a gritos que el Rey de las tinieblas necesitaba seis testículos de hombres desangrados en su altar.

Ahora Lía tenía más tiempo y esa noche del viernes, con cinco muchachos, preparados con cuchillos bien afilados, dos tijeras grandes, bien afiladas, un termo con hielo y gorros pasamontañas, se encaminaron a buscar el pedido de su amo, el padre del oscurantismo y las tinieblas. No les fue tan difícil, pues en una acera de la parte de atrás de un centro comercial, encontraron a tres hombres dopados por el alcohol y el *crack*. Le bajaron el pantalón y rápidamente cortaron los testículos con pene. Los pusieron en el termo con hielo y luego se dirigieron a otro barrio oscuro de *Miami*. Adictos a las drogas y al alcohol, muchos caen vencidos, dormidos e inertes. Fue fácil realizar nuevamente con tres más la misma operación.

En la mañana del sábado, los canales de la ciudad comunicaban y las emisoras de radio la noticia de los seis hombres que habían sido cercenados de sus genitales y habían llegado casi desangrándose al hospital.

39

RICKY, MAESTRO DEL SATANISMO

La noche del domingo, el recinto de adoración estaba lleno, pues llegaría el maestro satánico a Ricky, uno de los más famosos instructores del oscurantismo internacional.

El culto empezó, invitándolos a todos a repetir:

«Satán es el campeón y una legión de demonios poderosos están con nosotros que han salido de las puertas abiertas del infierno. Somos más que vencedores con Satanás. No es nuestra fuerza, es su fuerza la que comanda».

Tenían un anafre encendido con muchas brasas y unas varillas de hierro adentro. Una cruz invertida de modo de fierro con el que tatuarían las espaldas de todos los presentes.

Todos repetían eufóricos.

«Ésta es la casa de Lucifer, nuestro Señor».

Todos los tatuados tendrían que ayunar por siete viernes desde esa noche. Era ritual de sangre. Trajeron el termo con los testículos que estaban inundados de aquel líquido rojo. Y ahí mismo pasó cada uno de los tatuados a los que el profesor Ricky cortaba con una hoja de afeitar una incisión pequeña en el puño de cada uno que dejaba caer la sangre sobre el contenido de aquel termo. Luego Lía, vestida de rojo y con su diadema de dos cuernos con un cuchillo bien afilado, cortaba con sus manos sin guantes el contenido de aquel depósito sangriento.

Después venían todos en fila a pedirle a Satán sus deseos, hacer conjuros y darse golpes con mazos de ruda y de flores amarillas. Hacían oraciones obsequiando sus conjuros en tributo especial al Rey de la oscuridad y las tinieblas. Cada uno comía un trocito de aquel manjar ensangrentado.

«¡Puka, puka, kapuka!», invocando los poderes del diablo. Luego trajeron una marraqueta blanca de hielo.

Todos dejaban caer gotas de sus puños, gotas de sangre.

El maestro tenía en su mano una bolsa negra de terciopelo. Cuando todos subieron desfilando frente a aquel altar, llamó a todos a formarse en círculo alrededor de él. Esta vez era el turno de Lía de meter su mano dentro de aquella bolsa donde el gran Maestro guardaba cuatro monedas. En una de ellas, había una cara de un niño y en la otra la cara de un hombre y una mujer. En otra moneda tenía la cara de un perro y en la otra la de un cerdo. El maestro sacudió la bolsa con las monedas. Lía metió su mano. Cerró los ojos. Invocó el nombre de Satán y dijo:

«Dime, mi Señor. Dime a través de esta moneda, cuál quieres que sea tu regalo. Yo me encargaré de dártelo. Porque soy tu muñeca y te pertenezco en cuerpo y alma».

Lía sacó la moneda y la tiró sobre el hielo bañado de sangre. La cara que daba hacia arriba era la de un perro. Eso significaba que había que entregarle el corazón de su dóberman al mismo Satanás.

40

EL NEGRO DÓBERMAN
ES SACRIFICADO

Después de los siete viernes de ayuno, todos estaban más que listos para subir al segundo nivel y homenajear de nuevo al diablo. Ted había traído bocaditos y empanadas de toda clase. La mayoría de los presentes eran adolescentes peludos, vestidos de negro y con gorros de lana negra. Aunque era noche de marzo y era calurosa, todos estaban pálidos, con ojeras y unos tenían grandes agujeros en las orejas y usaban aretes redondos y grandes en la lengua, en la nariz y en las cejas.

Todos estaban tatuados con la cruz invertida y estaban felices de llegar a la segunda fase del satanismo. Después de beber y compartir cocaína, marihuana, tragos alcohólicos y música metálica, pasaron al recinto. Encendieron muchas velas y apagaron la luz eléctrica.

El altar estaba decorado con grandes ramos de rudas flores amarillas y blancas, y una mesa en el centro con un largo mantel.

Todos notaban la ausencia de Lía, pues siempre era la reina en todas las ceremonias.

¿Dónde estaba Lía? Lía estaba completamente desnuda en su aposento oscuro. Derramaba la leche dulce condensada sobre su vagina y sobre todo su cuerpo. Diablo, su negro perro lamía entusiasmado su acostumbrado manjar. La lamía con tanto deseo que Lía tenía orgasmos múltiples y gemía. Las lágrimas se salían a montones de sus ojos. Se puso más leche condensada en los senos y el ombligo. Diablo volvía a lamer, lamer y lamer y daba pequeñas mordidas a sus pezones y el ombligo. Lía reía. Estaba completamente enajenada y feliz, porque sabía que después de aquella gran noche, todas sus peticiones se harían realidad, pues le entregaría a su amo, la más hermosa pertenencia.

Después de un pequeño baño, se puso su mejor bikini, se vistió completamente de rojo, se maquilló como una muñeca, puso sus pestañas postizas, peinó su melena, se puso su diadema de dos cuernos, bañó a su perro y dejó que el tiempo pasara. No tenía prisa y luego entró triunfante a la sala de sacrificios. Colocaron al perro en una tabla blanca larga y con un hacha bien afilada le cortaron la cabeza. Dejaron desangrarse al perro sobre la paila de aluminio que estaba sobre la mesa, lo abrieron completamente y sacaron su corazón. Lía lo cortó en trozos y comieron de él, mordida por mordida hasta acabar con el órgano de aquel animal sacrificado.

41

LÍA EN EL CARNAVAL DE LA CALLE 8

El Carnaval de la Calle Ocho de *Miami* es el carnaval más grande de la ciudad. Toda la Calle ocho se viste de gala. Vienen miles de personas de todas partes del mundo. Hay algarabía en la feria de la alegría.

La muñeca se vistió completamente de rojo, una pequeña faldita y una blusa muy escotada. Fue sola a disfrutar del carnaval. Caminaba sensualmente y en el primer bar se detuvo a tomarse un vodka con jugo de naranja. Luego caminaba, se desplazaba por el carnaval. Y en los puestos de cervezas se tomaba una bien helada. Y en los puestos de whiskey se tomaba uno.

Habían puesto comida de todas partes del mundo. Había salchicha, carnes asadas, *gyros*, batidos de frutas, piñas coladas, margaritas. Pasaban música de todos los países y las banderas de todas partes del mundo ondeaba por todos lados. Pasó un grupo de músicos africanos con tambores, maracas y gaitas.

Marchaban gozosos y los siguió bailando y levantando las manos, y siempre con su diadema de dos cuernos. Cuando caminaba con este grupo, un joven de estatura baja con una mirada penetrante de ojos amarillos la quedó viendo profundamente. La tomó de la mano y le dijo:

«Somos de la misma legión y vengo a hacerte compañía».

Se sonrieron y siguieron bailando al ritmo de la música. Pasaron comprando cervezas por el trayecto del carnaval. Se detuvieron en la Pequeña Habana. En una botánica compraron inciensos, polvo de hueso de muerto. Se metieron en uno de los baños públicos que colocaban en las calles y tuvieron sexo. Y cuando el hombre estaba eyaculando le decía:

«Soy enviado por Lucifer, te poseo en nombre de él».

Desde ese día se encontraron con mucha frecuencia. Iban juntos al cementerio y luego Sergio ya estaba en los ritos satánicos. Sergio era un cubano y tenía 12 años de pertenecer al satanismo. Su presencia causaba ante la gente una sensación de miedo. Ponía tensión en el ambiente. Se reía a carcajadas por cualquier situación y hablaba solo, pues decía que Lucifer lo escuchaba. Se ganaba la vida practicando la hechicería, la brujería y magia negra.

Andaba con un maletín negro donde guardaba muñecos de trapo con siluetas de hombres, mujeres y niños en una pequeña caja de plástico con alfileres y agujas. Tenía su tarjeta de presentación y muchísimos clientes que lo clamaban con frecuencia.

$$42$$

EL ARRESTO DE DIABLO
EN HONDURAS

Era la mañana del martes. Lía amaneció disfrutando de tragos, sexo y cocaína con Sergio en el apartamento de éste en Jayalía. Como por inercia, Lía encendió el televisor. Eran las 6:00 y en el noticiero estaba la cara de Diablo y comunicaban del arresto de un asesino en serie que era perseguido hacía varios años y se le atribuían 96 asesinatos. Era sudamericano. La foto de este estaba en grande en la pantalla. Lías se llevó las dos manos hacia la cara y dijo en voz alta:

«Es mi amigo Diablo. Lo arrestaron. Él fue quien me inició en los caminos de sangre y me brindó su protección por mucho tiempo».

Sergio le dijo:

«No te preocupes, que el Señor de las tinieblas lo ayudará donde esté. ¿No ves que tiene su cara relajada? Aunque lo encierren o lo maten. Ya su alma no le pertenece porque entró en las tinieblas y ésa es su felicidad, pues nunca tendrá ninguna luz que hiera su pupila. Los entes del infierno se encargarán de él por siempre, dando satisfacción y alegría, pues su mente ya está en el nivel siete, donde ya no hay pena ni dolor, pues Satanás ya tiene por completo el destino de su vida al cargo».

Lía era un cuerpo sin alma y espíritu, solamente con apego a lo diabólico, sexo y el dinero. Lía era la muñeca del diablo. No tenía sentimientos buenos. Le gustaba mucho el sexo, pero no se enamoraba de nadie. Era completamente narcisista. La mirada era cada vez más fuerte y atraía fácilmente a pájaros de plumaje negro que cuando caminaba por las aceras le picaban la cabeza. Decían algunos del grupo que cuando miraba fijamente a las gallinas, se morirían en el acto.

Ahora que Lía vivía con Sergio en Jayalía, los vecinos estaban asustados porque en el techo del apartamento de Sergio empezaron a aparecer murciélagos por docenas, como si aquello fuera un aviso de ultratumba. Las flores de los jardines de enfrente se habían secado y se pusieron negros. Lía y Sergio solían visitar a sus amigos satánicos para robar del cementerio huesos de muertos. Muchas veces se sentaron en los bancos del parque para ver si alguien se descuidaba y llevarse a un niño, buscando un espejo en su bolso. Lía encontró la factura que había tomado de la mesa de Susana y Kris en *La dulce vita*. Tenía el teléfono y no dudó en llamar a la tintorería y preguntar por trabajo, que muy pronto consiguió. Sería la encargada de abotonar y embolsar las piezas de ropa. Descansaría los días lunes y martes.

43

KRIS RAMÍREZ Y SUSANA

Kris Ramírez era un magnate millonario que contrabandeaba cocaína y estaba metido en negocios sucios de todo tipo. Era de buen carácter, muy elegante, de buena presencia. Era bisexual, pero nunca se le había conocido ninguna pareja fija.

Esta vez se sentía enamorado de Susana. La llevaba a los mejores hoteles y le encantaba el sexo con ella. Le hacía regalos caros, prendas de oro y plata, carteras y zapatos de buenas marcas. Susana era encantadora. Trabajaba de enfermera en un hospital local y estaba casada con un argentino alto y delgado llamado Gustavo. Siempre tenía el vientre caliente y se masturbaba con mucha frecuencia, pues era adicta al sexo. Gustavo era tranquilo. Trabajaba en el aeropuerto de *Miami* en el turno de la noche de 7 pm a 7 a.m. Por eso Susana tenía espacio para salir con Kris y disfrutar de los buenos lugares al cual él la llevaba a tomar vino blanco del bueno y bien frío.

A veces salían los tres porque Gustavo y Kris eran muy amigos. Los tres usaban cocaína y las noches libres de Gustavo amanecían en juerga. En alguno pequeños negocios,Gustavo tenía sociedad con Kris, como en la venta de la bolsita de coca. La venta de onzas de marihuana y pastillas. Gustavo vendía esa mercancía con amistades y con muchos clientes que tenía que compartían ganancias con Kris. Esta noche Gustavo, Kris, el Negro Juan y el gran jefe *Roger*, al que conocían en ese mundo como el Patón, porque tenía un zapato número 14 y medía seis pies de alto, estaba muy fornido. Todos estos socios hablaban de una situación que tenían entre manos y tenían que solucionar.

Uno de los del grupo llamado Max debía más de U$30 mil a ellos y estaban buscando la forma de que este les pagara ese dinero. Le hicieron una llamada dándole un ultimátum. Tenía 24 horas para pagar el dinero. Éste suplicó por un día más, pero no se le concedió. Y en la tarde de ese día siguiente, esperaron a su hijo y los secuestraron al salir del colegio. Kris tenía una finca en Homestead y ese sería el refugio para el pequeño y los vigilantes. Todos permanecerían alertas a cualquier instrucción del Patón y al muchacho de 12 años lo ataron de pies y manos, tirado boca arriba y sobre una cama de doble colchón. Lo soltaban para darle la comida. Le traían hamburguesas, sodas de lata, doritos y no lo trataban mal, relativamente. Mientras tanto, Max ofrecía pagar U$10 mil, pero que le devolvieran a su hijo.

Como esto no fue posible, Max procedió a denunciarlos a la policía por secuestro. Y cuando esto llegó a oídos del Patón, llamó a los vigilantes y les dijo:

«Maten al chico, Péguenle dos balazos en la cabeza y esfuércense en desaparecer el cadáver: sin evidencia y sin cuerpo, no hay delito».

Así que Max optó por irse de la ciudad, pero amenazó con venir a cobrar la muerte de su hijo.

Kris era también propietario de una cadena de restaurantes con todos los conceptos. Tenía varios hoteles y edificios de apartamentos. Su fortuna oscilaba entre 200 y 220 millones de dólares, pero tenía la miseria en el corazón, pues siempre estaba preocupado por ganar más y más dinero. Apostaba a las carreras de caballos y a los equipos de fútbol estadounidense.

44

LA SACERDOTISA SATÁNICA

La sacerdotisa satánica convoca a reunión en la Casa del Mal a un grupo de seguidores encabezado por Ted. Este viernes a las 12:00 de la medianoche será de peticiones y conjuros.

El altar estaba radiante, la mesa redonda en el centro con un mantel blanco, el fosforescente de los grandes ojos de Lucifer, parecían brasas incandescentes. La cruz invertida, reluciente.

Inciensos y ramos de ruda por todas partes en el serpentario de cristal, una docena de pequeñas serpientes amarillas, música ancestral y de ultratumba, grandes velas blancas y la luz eléctrica apagada.

Una cruz de madera con cuatro garfios bien colocados. Esta vez llegaron todos con máscaras de perro, caballos y cerdos, con ojos brillantes y cuernos en la parte superior. Lía estaba con una blusa que solo cubría sus senos y un pantalón corto rojo muy pegado a su piel, sin faltarle su maquillaje bien puesto y su diadema de dos cuernos. Llegó la sacerdotisa y su intervención empezó.

«Hoy estamos aquí reunidos porque traigo dentro de mí a cinco príncipes de las tinieblas.

Ustedes los llamaron y aquí estoy, trayendo sus mensajes. Movieron mucho mi cama durante dos semanas y mandaron a decirles que nuestro cuerpo es como un envase y el alma la llena. Y esa alma ya pertenece a Lucifer y quieren más sacrificios y cultos para cumplirles sus deseos. Lía sacrificar a tu amado perro no fue suficiente. Y quieren dos sacrificios más y cuatro botellas enterradas con cuatro nombres de nuevos miembros. Necesitan hacer más trabajos y volver por dos días a su vida pasada, para regresar con más poder y más fuerza del infierno. La comunidad tiene que aumentar y debe haber más muertos para alimentar el alma negra de los príncipes del mal. Después de que se cumplan las peticiones, van a tener un encuentro directo con Satanás».

De pronto entró un hombre altísimo, delgado y con una máscara de cabeza de cerdo. Era tan verdadera la imagen que parecía real.

45

NUEVOS SACRIFICIOS

Lía se preparó para conseguir los dos futuros sacrificios, porque necesitaba que llegara el millonario que cumpliría los deseos. Haría lo que fuera por complacer al amo de su espíritu.

Tenía una compañera de trabajo en la tintorería llamada Raquel. Compartía todas sus experiencias con su nuevo novio, que era de Turquía. Sólo tenía dos meses de relaciones y Raquel estaba fascinada con los genitales muy grandes, sobre todo los testículos

de Efe, ya que así se llamaba su novio. Le comentaba a Lía qué exageradas eran las bolas y el pene de su novio y se reían y a Lía el pensamiento se le disparó y le preguntó a su amiga:

«¿Y cuando ves a Efe?»

«Bueno, los viernes que tengo el día libre», contestó Raquel.

«A veces salimos y a veces nos quedamos la noche entera en su apartamento».

«¿Y con quién vive Efe?»

«Solo en un pequeño apartamento cerca del aeropuerto».

Lía tenía la dirección de Raquel y el viernes se parqueó cerca de su casa desde las 08:00 de la mañana. Ésta salió como a las 10 AM. Se dirigió a casa de Efe y como tenía llave,

se dispuso a abrir la puerta del apartamento. Traía espaguetis, pastas, margarina y dos botellas de vino blanco. Su intención era preparar una pasta y compartirla con él. Lía la había perseguido y cuando Raquel estaba abriendo la puerta de la casa, Lía vino rápidamente con un gran martillo. Le dio un golpe contundente en la cabeza. Raquel cayó al piso desangrándose por la cabeza y dejando caer de la bolsa el vino y los víveres que traía. Lía llevó el cadáver arrastrado rápidamente hasta el maletero de su carro y buscó en las afueras de la ciudad un lugar baldío para invocar a los espíritus inmundos y entregar aquella alma. Ya tenía gasolina en un bote. Roció el cuerpo de Raquel. Traía un farol encendido que le prendió llama, ayudada por la misma gasolina a la cual había rociado el cuerpo de Raquel. Con el cadáver encendido, Lía empezó el tiempo de ceremonia. Fumó una pipa inmensa con marihuana. Y empezó a conversar con 30 demonios que estaban caminando en círculo alrededor de ella con cabeza de chivas, caballos, cerdos…

«Puka a Puka, Puka», decía ella. «Les entrego esta alma conseguida con el gran poder del hijo, del Rey del cementerio. La obsequio como el primer sacrificio y muy pronto llevaré al altar de la casa del mal, el segundo sacrificio».

46

LOS TESTÍCULOS DE EFE

Lía tenía el celular de Raquel y mandó un mensaje a Efe diciéndole que no pudo llegar, pero que lo llamaría luego para explicarle después. Rompió con un martillo el celular de Raquel y lo tiró a la basura. Tomó las llaves de su automóvil y se dirigió al apartamento de Efe. Llevaba un maletín con una cajita de jeringas llenas con un líquido transparente y las tijeras más grandes y más afiladas. Tocó a la puerta.

Efe abrió y amablemente le preguntó:

«¿Tú eres Lía, la amiga de Raquel?»

«Sí, cariño, mucho gusto. Ella me llamó para compartir. Dice que viene en camino. Se ha tardado porque pasó por el supermercado comprando pasta, salsa y vino blanco. Como soy experta en preparar pastas, hoy cocinaré yo».

Cuando Efe dio la vuelta para pasar adelante con mucha agilidad y rapidez, Lía extendió la jeringa, la trabó dentro del cuello de Efe, inyectándole todo el líquido venenoso.

Cayó al piso de inmediato. Lía llevaba un plástico que colocó en el piso, colocó a Efe arriba y procedió como la más experta cirujana a cortar los hermosos y pesados testículos del muchacho. Cuando estuvo segura de que él estaba muerto, puso el miembro ensangrentado en el termo con hielo que tenía listo. Salió rápidamente, sin limpiar nada. Dejó aquel cadáver desangrándose. Tomó su carro y manejó relajadamente como si nada hubiera sucedido. Sacó una botellita de vodka y se la tomó disfrutando de su bebida favorita. Ya todo estaba listo.

OSCURIDAD Y MUERTE

Eran las 12:00 de la medianoche. Todos tenían que comunicarle a Ted en privado qué pedido habían realizado y cuál traían al altar. Empezaron la entrega de tributos. Ya habían tomado éxtasis y alcohol. Habían fumado marihuana y consumieron cocaína. Lía pasó desnuda con el termo pequeño, rojo y adentro traía los testículos inmensos de Efe. Colocó el termo sobre la mesa y con dos cuchillos bien afilados, cortaba en 100 pedacitos el exquisito manjar que todos estaban dispuestos a saborear.

Todos habían cumplido sus peticiones. El más extremo fue Tomás, que trajo a un viejo como de 80 años, que se entregó por voluntad propia en cuerpo y alma, y su sangre fue derramada sobre la paila de donde bebieron todos. Y unos metían las manos y se ensangrentaban la cara, enloquecidos, enajenados, desquiciados, drogados. Reían a carcajadas y a veces daban alaridos horribles. Desde una esquina, el hombre, alto y con cabeza de animal, sonría satisfecho.

48

LA VISTA DE ULTRATUMBA

Lía regresó a casa de Sergio exhausta después del rito. Éste se había quedado dormido en el sofá, pasado de alcohol, coca, hierbabuena. La muñeca pasó directo al dormitorio, que tenía cortinas negras y paredes y armarios con grandes espejos. De repente vio tres mujeres que desde los espejos le daban órdenes que ella no entendía, pues hablaban todas moviendo los labios al mismo tiempo. Una era negra, con el pelo corto y bien ondeado. Otra era pelirroja y llena de pecas. La tercera era completamente china, de ojos y estatura muy pequeñas. Por fin entendió el mensaje. Su regalo ya estaba concedido y muy pronto tendría a su hombre millonario. Lía se rió a carcajadas. Se tiró a la cama y se durmió profundamente. La mañana siguiente era de trabajo y se preparó para empezar su jornada en la tintorería. Empezaba a la 1:00 de la tarde y terminaba a las 9:00 de la noche.

Esta vez la que recibe la ropa en el mostrador no llegó. Pusieron a Lía a cubrirla. A las 3:00 de la tarde entró Susana, despampanante, con un traje marinero azul y blanco. La mirada de la muñeca se iluminó. Por fin tendría prendas y dirección para empezar con hechizos y rituales para atraer a Kris Ramírez. Las promesas del demonio se iban cumpliendo, ya solo era cuestión de tiempo.

El paquete que Susana dejó traía tres pantalones de Kris Ramírez y dos vestidos de Susana. La situación ya estaba servida en bandeja de plata. Esta noche empezaría el amarre.

Disimuladamente metió en la cartera un pantalón de Kris Ramírez bien doblado y regresó feliz a la casa de Sergio. Esta vez estaba despierto y con toda la disposición de ayudar a Lía en su misión. Necesitaban polvo de pata de vaca, polvo y hueso de muerto y una entrega total con Sergio, que simbolizaba la unión con el príncipe de las tinieblas. Después que terminaron, se limpió la vagina húmeda con el pantalón de Kris Ramírez y luego lo envolvió en un paño de terciopelo negro y con una muñeca de trapo en forma de mujer y un muñequito de trapo en forma masculino y con un alfiler de pelotita roja incrustado en cada uno de los corazones de los muñecos.

Dentro del paño también puso azúcar, café molido y una rama de ruda. Lo envolvió y lo puso en una vieja cajita de madera. Cuando Lía llegó con el pantalón bien lavado y planchado, lo colocó para que nadie notara la ausencia de aquel pantalón. Lo hizo muy bien y lo puso en una bolsa plástica y lo unió a la otra ropa que ya estaba lista.

KRIS EN LA TINTORERÍA

Kris Ramírez llega a la tintorería. Lía no estaba en el mostrador, pero una fuerza la trajo al frente y miró con entusiasmo a Kris y le dijo:

«¡Hola! ¿Te acuerdas de mí?»

Kris la quedó viendo un poco extrañado y le dijo:

«Oh, sí, tú eres la chica que nos atendía en *La Dolce Vita* y que nos traía aquellas ensaladas tan ricas. Claro que te recuerdo».

«Sí, soy la misma que viste y calza», contestó ella. Kris recogió la ropa, le dejó U$20 de propina y se despidieron cordialmente. Ese día era lunes y Lía tenía libre. Aprovechó para manejar hasta la mansión de Kris, ubicada en la ciudad de los Gabletes Coralinos (conocida en inglés como *Coral Gables*).

Ya Lía tenía la dirección de Kris Ramírez. Como una detective, se preparó para ir a conocer la casa, la mansión de Kris, que se encontraba ubicada en los Gabletes Coralinos, la ciudad más bella de la Florida. Es una ciudad exclusiva de la Florida, donde la gente que camina por sus calles es muy distinguida. La mayoría de las personas la conocen como *Coral Gables*, pero el verdadero significado es por las líneas rectas y ápice agudo que se ponía en los edificios de estilo ojival. La ciudad se llamó así porque en la decoración solían colocar un gablete de coral sacado del mar para tapar la parte fea, donde se unen los dos lados de los techos que tienen inclinaciones.

Gabletes Coralinos, las mejores mansiones de los habitantes exclusivos de *Miami*, Florida.

Ese día se dirigió con su carro tipo detective hasta la mansión de Kris para conocer, ubicarla y saber lo que había a su alrededor, quién entraba, quién salía. Haciendo un estudio de los movimientos, entradas y salidas de aquel interesante señor.

La mansión de Kris era espectacular. Tenía una fuente en forma de sirena y mucha ornamentación con plantas y árboles naturales muy cuidados. Pasó la mañana husmeando como una gata, dándose cuenta de la forma de vida de aquel hombre que quería sólo para ella. Al siguiente día llegó más temprano, como a las nueve. Salió Kris Ramírez y Lía lo siguió de manera que él no notara su presencia.

Como a los 20 minutos de distancia, Kris se detuvo en un lujoso hotel pintado de blanco y con ventanales verdes, adornado de la misma manera que en su mansión, con muchas plantas naturales. Era de cuatro pisos y un restaurante bien equipado en el primer piso, decorado con cortinaje de tul blanco y muchas fotos de barcos y veleros con entorno de pinturas y dibujos referentes al océano.

Lía había apuntado la placa del carro de Kris y se sentía muy satisfecha con la tarea realizada. Ese día se dio cuenta de que en el hotel había una reunión de empresarios y que Kris estaría ahí. Llegó, se hospedó en una de las habitaciones del hotel y cuando vio que los hombres tenían la reunión arriba en la terraza, con vista a la piscina, se vistió con una tanga roja y un ajustador muy ceñido que cuando entraba y salía de la piscina se podían ver sus pezones bien firmes. A veces se tiraba boca arriba, se daba vuelta. Era inquieta y muy pronto logró acaparar la mirada de los hombres en la terraza, incluyendo a Kris Ramírez, que se quitaba y se ponía los lentes de sol, como tratando de adivinar quién era aquella silueta tan joven y bonita que se divertía al lado de la piscina. Una atracción especial sintió Kris hacia aquella muchacha. Era algo extraño, un sentimiento.

Kris sentía como que tenía un hilo en el estómago y que llegaba hasta el ombligo de la muchacha. Era un algo que lo estaba atrayendo, atrayendo, atrayendo. Bajó corriendo y hasta que llegó donde ella y se puso la gafas de sol en la cabeza y le dijo:

«Hola preciosa, ¿cómo estás?»

Y ella le dijo:

«Hola», con una picardía especial y cruzaba las piernas y se arreglaba la tanga de vez en cuando.

50

LÍA SE ENTREGA A KRIS

Kris Ramírez subió con Lía a la habitación 212 y se desbordaron en besos y caricias sexuales. Lía puso cuerpo y mente en aquel acto, provocando en Kris una pasión desmedida y extraña que la hacía poseerla una y otra vez, ya que el calor del vientre de aquella criatura era sobrenatural y le producía un calor tan fuerte que le quemaba el pene, causándole un placer desmedido y una erección frecuente y total. Pasaron tres días y tres noches juntos en una acalorada luna de miel. Kris pasó ese intenso rato con Lía, pero en su corazón guardaba el amor para Susana. Sin embargo, ella estaba de vacaciones con Gustavo en un crucero por las islas del Caribe. Eso dio tiempo para que Kris y la muñeca se encontraran después de dos días y siguieron divirtiéndose inmensamente. Ya la manzana del pecado estaba mordida.

La carnada de la serpiente había sido comida por Kris. Lía pudo conseguir cabello de la cabeza de aquel hombre y un par de calcetines que le servirían para el amarre, la hechicería que con Sergio llevaría a cabo. Llegó a casa y allí tenía un envase negro con agua y dejaba reposar la pequeña braga que había cubierto su vagina por todo el día. Todo era diversión, fantasía, éxtasis, sexo, locura, amor. Kris se sentía feliz de tener al amor de su vida. Estaba poseído completamente. Todo le gustaba de Susana. Sus blancos senos con pezones grandes y rosados, sus labios vaginales bien afeitados y sus piernas blancas y rellenas.

Lía buscaba la oportunidad para hospedarse en el hotel y provocar a Kris para venir a la habitación 212 y tener sexo con él, que sentía un extraño llamado a proteger a Lía, un pesar dentro de su corazón, era un sentimiento extraño. No lograba entender qué le acontecía, qué le estaba sucediendo con aquella muchacha.

Así continuaron las reuniones con la muñeca: esporádicas pero intensas. Éste era un domingo de mucho sol y como para playa o piscina. Y Kris invitó a Susana al hotel. Estaban disfrutando, nadando un poco y compartiendo comida y bebidas tropicales como piñas coladas. El ambiente entre ellos era genial. Todo iba marchando viento en popa, sobre todo para Kris, que estaba feliz. Pues Susana regresó ese sábado de vacaciones y venía loca por verlo, abrazarlo, besarlo y entregarle todo su corazón. Se reunieron en el Rusty Pelican. Comieron langosta y tomaron vino blanco bien helado y felices. Tomados de la mano llegaron al *pent-*

house de Kris en uno de sus hoteles. Lía y Sergio los habían seguido, tal cual detectives estaban vigilando cada uno de los movimientos de Kris, pues esa alma no se les podía escapar. Pues igual que la de Susana, ya estaba embotellada y enterrada.

51

ESCÁNDALO

La muñeca quería que Susana se diera cuenta de su presencia en la vida de Kris.

Esperó un tiempo y luego fue hasta la piscina y gritó reclamando e insultando a Susana.

«¿Qué haces aquí, metiéndote con mi hombre? ¡Puta!»

Estaba enloquecida. Amenazaba con matarlos a los dos y decirle a Gustavo lo que estaba sucediendo. Kris llamó a seguridad y le dijo a Lía:

«Si no te vas, te llamo a la policía y te llevarán presa. Vete y no vuelvas más por aquí».

Y dio orden a todos los empleados que si la veían por ahí, que llamaran a la policía.

Todo era un *show* bien montado. Esta muñeca no podía abrigar ningún sentimiento. Todo su ser estaba lleno y poseído absolutamente por las fuerzas de las tinieblas.

Sergio la esperaba. Pasaron comprando botellas de vodka, jugo de naranja por la licorería y siguieron su camino hasta el apartamento de Sergio en Jayalía.

52

LA TRAICIÓN

Tenían que hacer algo para separar a Susana de Kris. Había que mandarle la noticia a Gustavo. Había que buscarle un desenlace a este nudo tan terrible. Se tardaron en pensarlo porque Kris y Susana ya habían elaborado el plan de la traición más grande para acabar con Gustavo. Le habían puesto 20 onzas de marihuana en el carro de Gustavo y 100 bolsitas de cocaína. Le habían tramado el plan y pronto los amigos cercanos comentaban que Gustavo había sido arrestado, encarcelado y que sería deportado.

Lía buscó entre los amigos en común que había hecho cuando anduvo con Kris y recordó de un conductor que los había llevado a los cayos de la Florida y que fue muy amable con ella. Su nombre era Manolo y no dudó en contactarlo. Se reunieron a compartir tragos y terminaron en el lecho de amor y sexo. La muñeca le sacó todo lo que quería saber y más, pues descubrió que había un hombre llamado Max, el que estaba buscando una situación para ajustar las cuentas de la muerte de su hijo con Kris. La semana siguiente, ya estaba Lía sentada en el restaurante de la Pequeña Habana con Sergio y Max. El lunes esperarían a Kris fuera de la mansión. Lo seguirían y en determinado momento Luis dispararía a Kris.

Llegaron al hotel, pues Kris ya se había aparcado. Lía y Sergio se quedaron en el vehículo. Max caminó hacia la recepción. Ahí se encontró con Kris, que le estaba dando órdenes y direcciones a los muchachos, a sus empleados. No dudó Max en sacar un revólver y dispararle en la cara y en el brazo derecho, en medio del pecho. Kris se desplomó desangrándose en el piso. El muchacho de la recepción ya había tocado la alarma. Inmediatamente, en el acto, estaban los policías ahí, como 25 patrullas rodeando el hotel. Apresaron a Max, lo subieron a una de las patrullas. Lía y Sergio desaparecieron como por arte de magia. El silbido de la ambulancia decía que iba un cadáver o un casi cadáver. Un herido de gravedad se dirigía hasta el hospital más cercano para ser atendido y tratar de rescatarlo de los brazos de la muerte.

53

EL HOSPITAL Y KRIS

Kris estuvo casi dos meses en el hospital. Había quedado inválido temporalmente. Una de las balas había tocado un disco de la columna vertebral y en la cabeza le hicieron una cirugía muy delicada. Duró casi diez horas la cirugía, pero a pesar de todo, estaba consciente. Sentía que no recordaba todo con perfección. Era como si hubiera regresado de un sueño profundo, una pesadilla. Estaba adolorido de todo el cuerpo. Miraba borroso, pero sentía unas manos que tomaban la de él y las besaba. No se separaba ni un segundo de él, prestando sus servicios y sus atenciones y ayudando a los enfermeros en todo lo que podía. Les traía regalos, comida, sándwiches, bocaditos y empanada de toda clase para ganarse la confianza y la voluntad de todos los que rodeaban la cama de Kris.

La figura de Lía estaba por todas partes. Por fin a Kris le dieron el alta y fue trasladado a una de las habitaciones de su hotel, que quedaba muy cerca del hospital, y por eso él pidió quedarse ahí. Lía, acompañada de Sergio, siguió la ambulancia que llevaba a Kris.

Antes de dejar el hospital, se habían informado de todo cuanto pudieron. Como a Lía la habían visto frecuentemente en el hospital, pensaban que era la señora del paciente.

A la mañana siguiente, ya Lía se había hospedado en la habitación 212 del hotel. Kris estaba en el mismo piso, pero en el 220. Se trataba del hombre que sería su compañero para toda su existencia. Tenía que ponerse seria y ponerse en alerta. Tenía que apoderarse de la voluntad de todos los empleados de ese hotel y del mismo Kris. Tenía que proceder inmediatamente.

Como la habitación estaba vigilada por enfermeros y frecuentemente entraban y salían uniformados, todos de verde claro o de azul celeste. Ella estaba pendiente. Por el día, se sentaba al lado de la puerta de la habitación 220 y por la noche se fumaba su buen puro de marihuana. Se tomaba sus tres o cuatro tragos de vodka y se iba acostar al lado de la puerta de la habitación 220 para ver quién entraba, quién salía y cómo se iba presentando la situación.

Eran las 9:00 de la mañana cuando salió de la habitación de Kris, un enfermero con uniforme verde. Inmediatamente la muñeca preguntó:

«¿Cómo pasó la noche? ¿Cómo sigue? ¿Puedo entrar?»

Le respondió:

«Sí, puedes pasar. Pero está dormido. Yo regreso. Ahora voy a buscar algo de comer porque tengo mucha hambre y regreso enseguida».

El enfermero se fue y dejó a Lía adentro de la habitación y al lado de la cama de Kris.

Él pensaba que Lía era alguien cercano de la familia o su novia, porque la había visto todos los días en el hospital y aquí en el hotel también pendiente siempre de él. Kris estaba pálido, con la cabeza vendada y con una línea intravenosa en el brazo que lo conectaba con un suero.

Ella le dio un beso en los labios, le puso la mano en la frente y lo despertó diciéndole:

«Soy Lía, mi amor, y estoy contigo para cuidarte».

Kris la quedó viendo con una mirada casi perdida, como si en realidad no supiera de quién se trataba. Pero luego le contestó diciendo:

«Gracias ¿Puedes esperar afuera?»

Y volvió a dormir. Ella no se movió de su lado. Lo miró de pies a cabeza. Le tomó la mano, se la besó y en voz baja murmuró:

«Señor de las tinieblas, es nuestro. Ayúdame, mi Señor».

54

AGUA DE BRAGA

Ahora Lía ya tenía confianza con los enfermeros que entraban y salían de la habitación de Kris.

En la mañana, ella se preocupaba por preparar el desayuno para el enfermero o la enfermera y también para Kris. Bien temprano en la mañana estaba parada frente a la puerta de la habitación 220 y cuando el enfermero salía le decía:

«Mi amor, ¿ya desayunaste? Voy a buscarte desayuno. Él está despierto», Le decía:

«Sí, está despierto ahora voy a traerle el desayuno inmediatamente».

Y bajaba al restaurante y le pedía permiso al chef encargado de la cocina para ella misma preparar una avena con bastante leche y canela en rama y un poquito de leche condensada, porque lo de ella era la leche condensada y luego movía y lo movía una y otra vez hasta que le quedaba suavecito. Preparaba tortilla de huevos y de cebolla y jamón y ella misma buscaba maseca para hacer tortillas calientes para empezar a llevar a Chris la deliciosa comida hondureña.

Entraba a la habitación y trataba a Kris como si fuera un bebé. Se sentaba en una silla al lado de su cabecera y le daba una cucharada de avena en la boca. Le decía cosas bonitas y lo enamoraba poco a poco, dándole su desayuno, sus huevitos revueltos suaves para que él pudiera tragar bien su desayuno. Poco a poco se iba ganando el agradecimiento y aquel acercamiento extraño que Kris sentía hacia ella era una fuerza que lo atraía y de repente lo soltaba.

Eran también las caricias y los besos y el cuidado de aquella muchacha sobrenatural. Siempre Lía tenía en la habitación un vaso de vidrio negro, que había conservado ya durante mucho tiempo para dejar reposar todas las noches ahí su pequeña braga. Como le tocaba prepararle la comida a Kris, también aprovechaba y le preparaba jugos naturales de maracuyá, de mora, de mango y también de fresas. Cuando preparaba los jugos tropicales y los mezclaba en la licuadora, también le echaba medio vaso de líquido del envase negro.

La relación entre Kris y Lía iba tomando fuerza. Ya él no quería que nadie más le cocinara ni que lo atendiera, solamente ella. No se podía perder ni una hora porque enseguida la estaba llamando. Le había dado una tarjeta que ella usaba y gastaba a su antojo. Le gustaba comprar alimentos orgánicos en lugares de comidas mediterráneas, ya que ella podía preparar todo tipo de comidas y de esa forma mantenía contenta a su galán. Les hacía regalitos a los empleados del hotel, a los cocineros del restaurante, pues le permitían entrar a cocinar y brindarle cualquier tipo de ayuda que ésta necesitaba.

En la cocina de la mansión, Lía preparaba alimentos exquisitos y preparados adecuadamente. Siempre incluía la dosis del agua de braga.

55

LÍA SE MUDA CON KRIS

Cuando Kris se restableció por completo, regresó a su mansión, pero esta vez traía a su fiel acompañante el envase de carne y hueso que por dentro estaba rellena del espíritu maligno y las fuerzas del mal. Cuando entraron a la gran sala, Lía le dijo:

«Esta casa es muy grande. ¿Cuántas personas viven aquí?»

Y él le respondió: «Vivo solo. Viene una señora a sacudir el polvo de vez en cuando.

Generalmente dos veces a la semana».

«¿Y el jardinero?»

«Él viene todos los días».

«Las brujas y los seres perversos, los seres de ultratumba, los seres poseídos por el mismo diablo, tienen el poder de atravesar paredes al igual que los demonios, y pueden entrar a tu casa a mover objetos o robarte cosa, sin que tú te des cuenta, pueden mover tu cama a altas horas de la noche. Atraviesan los muros, los suelos y los techos por completo».

Lía recorrió por completo la mansión y cuando caminaba tocaba las paredes y decía estas palabras:

«Puka, puka, Kapuka. Entes del infierno. Apodérense de esta vivienda. Todo lo que hay en este lugar. Apodérense de este lugar y de este recinto. Para que pronto esté lleno con la presencia de Satanás. Haré un altar para darte triunfo. Satanás, príncipe de las tinieblas. Vengan a mí».

Kris no salía de la habitación. Pasaba el día entero acostado o reclinado en su sillón, leyendo un buen libro. Llamó a la muñeca y le dijo:

«Necesito hablar contigo seriamente. Tú vivirás aquí y nada te faltará. Ocuparás el dormitorio que está al lado del mío. Tendrás todo lo que necesites. Cocinarás para mí y me cuidarás, pero siempre dormirás y tendrás todas tus pertenencias en tu habitación. No quiero que traigas cosas tuyas y las dejes aquí en mi habitación. Todo tiene que estar contigo».

Ella asintió con la cabeza. A la semana de vivir allá, ya había despedido a la señora de la limpieza y personalmente se encargaba de ser ama de casa y señora de aquella vivienda. Compró tres perros dóberman, negros, pequeñitos, cachorritos, y a uno le puso Látigo, a otro Nerón y a la perra, Princesa. También compró dos loritos verdes, un macho y una hembra.

A los loritos, ella pensaba enseñarle canciones y frases cómicas y sarcásticas. Los traía a la habitación de Kris y le decía. Saluden a su papá. Y él jugaba con los cachorros. Les gustaban mucho los loritos. Su mundo ahora empezaba a cambiar enormemente. Él sentía que su casa estaba llena de alegría y el jugar y el corretear de Lía atrás de los cachorros dejaba sentir un ambiente de alegría.

Ya había vida en aquella mansión y vida en abundancia, vida dirigida por Satanás, el rey de las tinieblas.

56

RECUPERACIÓN

Kris se recuperó por completo y continuó con sus actividades. Había muchas personas esperando su presencia en el mundo empresarial y de la mafia en *Miami*. Lía se pasaba el tiempo poniendo amarres con polvos que conseguía en las tiendas de santería y brujerías. Como pasaba mucho tiempo sola, hacía muchos rituales y conjuros sin que nadie se diera cuenta y como se quería hacer ante los ojos de Kris, una mujer centrada y de buen proceder, no salía a ninguna parte.

Eran las 12 del día cuando un viento raro penetró a través de las paredes y en medio de un humo gris se posó sobre la mesa del comedor donde se encontraba Lía, una voz cavernaria que le decía:

«No te olvides del alma de Susana. Tendrás que entregármela».

Y Lía comprendió el llamado e inmediatamente llamó a Sergio y le pidió que usara todos los medios para encontrar a Susana o pedir su presencia utilizando sus hechizos y algunas prendas de Susana, que ésta había olvidado en la mansión, como un chal verde y una cajita de polvos para la cara. Esa noche, como por arte de magia, Susana vino acompañada de Kris a la mansión. Lía los recibió en la puerta y les dijo:

«Pasen adelante. Hola Susana. ¿Cómo has estado? ¡Qué bueno verte por aquí!»

Ya se saludaban con hipocresía, Pues ambas querían llevarse bien para no contradecir a Kris, ya que éste le había dicho a Lía que cuando Susana llegara a visitarlo, tendría que respetarla y mantenerse alejada de ellos. La muñeca les preparó jugos de maracuyá. Le puso a Susana el brebaje bien preparado. La pócima la mezcló con el jugo y ésta la bebió en su totalidad. Ella aprovechó a salir a buscar a Sergio y los amantes se quedaron disfrutando de las mieles del sexo, la lujuria, la droga y el alcohol.

57

KRIS SIN VOLUNTAD

El tiempo transcurría y la muñeca se adueñaba día por día de la voluntad de Kris. Los domingos hacía comidas especiales y le pedía a Kris que invitara a Susana para aprovechar y darle su brebaje. Lía inventaba pérdidas de prendas para que Kris pensara que Susana se había vuelto una ladrona. Le ponía bolsita de coca en la cartera y le decía a Kris que se las estaba llevando. Como Kris sabía que Susana era adicta a la cocaína, pues él creía lo que ella le decía para desprestigiar a Susana.

En uno de los hoteles de Kris hacía falta una encargada del hotel en general y Lía le pidió que le permita ir a trabajar desempeñando esa posición, y así fue. Lo primero que la muñeca hizo fue poner un anuncio fijo en el periódico y poner rótulos en todos los ventanales del hotel solicitando empleados para plomería, jardinería, pintura, limpieza de habitaciones y demás. Y todos los días desfilaban muchos hombres y mujeres que buscaban trabajo. No les pedía documentos. Los hacía llenar una explicación y con mucha facilidad le daba el trabajo. A los tres días los botaba y les decía que por el entrenamiento no se pagaba. Y así pasaba largas temporadas sin pagar empleados y engañando a los que iban a tener el trabajo para usar su mano de obra sin remunerarla. Se peleaba con todos los empleados. Ya la garra y la uña del diablo empezó a salir. Odiaba a los niños y muchas veces les gritaba cuando pasaban por los pasillos del hotel viniendo de la piscina y estaban mojados y derramando gotas en los pasillos. Las madres la escuchaban y le gritaban insultos fuertes, pero a ella le daba lo mismo. Cuando el hotel estaba lleno y Kris andaba afuera. Ella traía a los tres perros negros y se bañaban en la piscina con ellos, llamando la atención para formar controversia entre los clientes. Lía estaba haciendo enemigos por todas partes. Kris le compró un hermoso Mercedes Benz rojo convertible y ésta se comía las calles de *Miami* como la auténtica muñeca del diablo. Sus cabellos rubios, su cara bonita, bien maquillada, sus buenos lentes de sol y su juventud a flor de piel. En las gasolineras formaba escándalo y se peleaba con la gente encargada de la gasolinera. En los supermercados se peleaba con las dependientas. En los lugares, en la venta de raspados, también se peleaba en todos lados sembraba la semilla de la discordia.

58

APARTÓ A LA FAMILIA

Apartó a toda su familia, todo pariente, sobrino, primo o hermano que venía a trabajar al hotel o restaurante, Lía les hacía la vida imposible. Se hacía moretes en los brazos y decía que era la sobrina de Kris que le había pegado hasta lograr que la botaran y no volviera por ahí. La voluntad de ese hombre había sido robada. La muñeca tenía el control completo sobre los empleados y cada vez que podía, se iba a visitar a Sergio o a Ted para tener encuentros con el diablo y tener más poder y fuerza. Era raro, pero cuando Kris pensaba en Lía, sentía un enorme deseo de poseerla, pero le dolía el estómago. Él le había llegado a tener un sentimiento más allá de la razón. A esa señorita, ya los tres doberman estaban entrenados para lamer el cuerpo bañado de leche condensada de Lía, que llegaba al éxtasis de pasión y locura extrema. Se encontraba sola, disfrutaba al máximo de ese placer y tenía orgasmos múltiples. Emitía sonidos, ayes y gemidos que parecía que el mismo Lucifer la estaba poseyendo.

Cuando pasaba por el restaurante hacía maldades, como ponerle al horno al máximo de calor para que se le quemaran los guisos al chef. Y si miraba una comida servida, le ponía del picante más fuerte para ver la cara del que se chillaba y se reía. Apagaban los calentadores de las sopas para que se arruinaran y ver cómo los regañaban. Le causaba satisfacción. ¡Qué mala era esa demoníaca criatura! De todo el lugar donde iba, la sacaban, porque se peleaba con los cajeros y con los dependientes, en las gasolineras, en los supermercados, en las tintorerías y en la sala de belleza.

Ya nadie la quería cerca, como si presintieran que el mal andaba pegado a ella.

59

LA MALDAD PERSONIFICADA

Kris y sus amigos cercanos se preguntaban dónde estaba Susana, ya que habían pasado mucho tiempo y no la veían. Nadie sabía que ya su cuerpo y alma había sido ofrendada en un culto especial y muy concurrido. Después de la ceremonia, la picaron en mil pedazos y todos comieron de aquella carne blanca y suave. Los huesos los incendiaron en el anafre lleno de brasas al rojo vivo, y el polvo ahora negro, lo embotellaron. Lía regaba la voz diciendo que

Susana había viajado a reunirse con Gustavo y que por eso nunca volvieron a verla. Todo se estaba logrando. Los príncipes de las tinieblas y el hijo del rey del cementerio estaban felices.

Por las tardes, Lía disfrutaba de la piscina del hotel. Se ponía un diminuto traje de baño y Kris contemplaba satisfecho y así transcurrieron 20 años y Lía se le arruinó la piel y se le pegó por completo a los huesos. Estaba pálida, muy delgada y a la orilla de la piscina parecía una gran lagartija que tomaba sol.

No hubo maquillaje que le cubriera lo fea que se le había puesto la cara. Ahora bien, parecía más que nunca la muñeca del diablo. La maldita muñeca del diablo seguía haciendo maldades a los empleados del hotel y restaurante y Kris la amaba cada vez más.

Ella pensaba y decidía por él. Ahí se hacía lo que ella dijera. Su grito se escuchaba por todo el hotel y el restaurante y la gente se tapaba los oídos y se persignaban cuando la miraban pasar.

60

DOS ALMAS PERDIDAS

Léster, el hermano de Lía y su madre, habían sido sacrificados en ritos satánicos por los antiguos amigos de Lía. Mirtala, su hermana mayor, era la última sobreviviente. Atravesando fronteras, había llegado hasta *Miami* y traía un dolor muy profundo dentro de su alma. Buscaba desesperadamente a su hermana Lía para tratar de atraerla hasta los rediles del Señor Jesús, pues era religiosa fanática y repetía frecuentemente:

«¡Jesús, Jesús, Jesús! ¡La sangre de Cristo!»

Se congregaba en todas las iglesias evangélicas que podía. Los sábados y los domingos salía a predicar, a gritar en los buses interurbanos, en las paradas del tren y terminales de autobuses. Gritaba:

«¡Ha llegado el Anticristo y la llegada de Cristo se acerca! ¡Ya el Anticristo está en *Miami*! Tengan mucho cuidado o se les puede presentar en diferentes formas, como animal o como persona».

Mirtala estaba enloquecida con la religión que rompió el hilo de la cordura y escuchaba voces que le decían:

«Prepárate para matar al anticristo».

Esa mañana Mirtala, se levantó y fue directo a la cocina. Tomó un afilado cuchillo de cortar carne, lo puso en su bolso, se colgó un rosario de cuentas grandes y cruz de madera y salió a la calle. Lía como siempre, tomaba el sol de la mañana y nadaba en la piscina del hotel que estaba lleno. En los balcones se miraba muchos huéspedes fumando, otros conversando y disfrutando de tragos y bocadillos. Todo era alegría. En la feria de la Alegría, Mirtala estaba frente a la piscina y miraba una y otra vez. Salía como tratando de reconocerla. De pronto la miró con la imagen de una niña despeinada y con una muñeca de trapo sin cara de la mano. Luego, la figura de un demonio reflejado en la cara de Lía sacó de su bolso el cuchillo afilado, entró a la piscina, le dio la primera puñalada en el pecho, luego en la cara y 77 más en todo el cuerpo. El agua se volvió roja y el cadáver de la muñeca se desangraba. Mirtala no dejaba de gritar:

«¡Muere, maldita, muere, muere! ¡Muere, muñeca del diablo!»

ACERCA DE LA AUTORA

Isabel Del Cid nació el 18 de marzo de 1959 en Rivas, departamento Rivas en Nicaragua, Centroamérica. Sus padres son Felipe y Olivia.

www.ingramcontent.com/pod-product-compliance
Lightning Source LLC
Chambersburg PA
CBHW041732300726
48981CB00005B/320